U0153254

中國古典文學入門最佳教科書之一。

中國寓言讀本

林淑貞◎著

五南圖書出版公司 印行

序

　　我們都熟知中國寓言歷史悠久，源遠流長，在古典文學上佔有舉足輕重的地位，目前坊間亦處處可見其蹤跡，寓言故事的魅力大家也耳熟能詳，其哲理智慧已有多位近代大師精研、闡發，可謂典型在夙昔！因此，面對好友淑貞編寫這本《中國寓言讀本》，我抱著審慎的學習心態來閱讀它，一則好奇此書所發揮的妙趣新解，另則希望才疏學淺的我能增強功力，在教學上有更多發揮的空間！

　　讀畢本書收穫滿滿，我的好奇心與期望得到堅實的答案，也引發我內心的感悟，尤其在待人處世方面有了不同思考。如本書解析「守株待兔」這則寓言，不只一般所理解，在嘲諷好逸惡勞或不知權變者之悲慘下場而已，它的原本出處是藉由戰國時期宋國農人的故事，來諷刺持守舊制度來治國，而不知時移事變，適時維新應變的守舊統治者。時至今日，就活用方面而論，當我們採用「守株待兔」一語時，往往脫離政治評論，而使用者的語境已存乎其中，致使「守株待兔」成為普遍可用的通則。也就是一個寓言之可貴，不僅是一時、一地、一人可用，其最大的效能，是可跨越世代，成為大家因時、因地、因人而制宜的寓言，則其價值自然可傳諸久遠，成為人人可用、能用的好寓言。

　　進而觀察韓非詮解《韓非子、五蠹》「守株待兔」之意義，它並非全然指斥愚蠢與錯誤。假如從「以逸待勞」去理解，即貴在掌握不易的規則與真理，才能充分發揮以不變應萬變之明智，而有可能轉化為一種靜觀的智慧，因為「論世之事，因為之備」，此即針對當時的事物，找出合理的回應。由此可見，韓非之論並非純粹的法家，實已兼容儒、道智慧在其中，這正是要告訴我們應與時代環境的變化同步俱進，此即本書善用寓言佳例之明證。此外，書中又引用多則莊子寓言，更看出道家寓言智慧之所在，此與王邦雄教授《走在莊子逍遙的路上》一書的論述有相近之處，皆對「人」如何在「人間世」安頓妥

當，多所啓發，實有助於個人的生命尋到自我安頓之道。

又如本書從「庖丁解牛」此則寓言之說明：『庖丁在解牛時，「目無全牛」，才能導窾入微，游刃有餘，揭示我們，凡事必在紛雜之萬事萬理中尋出一個規律來，才能運用自如。透過庖丁解牛的故事，宣示道家「順其自然」及「無為而治」之思想。並由此觸發梁惠王養生之道理，必須順逐自然，不可批逆。』這一深具哲理的論說，正相應於顏崑陽教授在《人生因夢而真實》書中，寫到開啓「心靈之眼」一文，是要提醒我們要從經驗中不斷體悟智慧，不能光用「肉眼」去看這「人間世」，反倒要從清除種種偏見中開啓「心靈之眼」。他說：『人要能自覺地、用心地在錯誤的經驗中，去消解可能會積存的偏見，讓你的心靈一直保持著虛靜明徹。然後，你就是那把刀，假如一個人心中累積著許多偏見，就像一把刀黏上許多汙垢，徒然增加它的厚度，而至於遲鈍。當心中的偏見銷盡，虛靜明澈時，這個「心靈之眼」便如一把磨得非常淨利而幾乎沒有厚度的刀一樣，依循著骨骼筋絡間空隙，自由地遊走，不但自己一點兒都不會受到傷害，還能讓這筋骨錯雜的大怪牛解體。』可知在此一複雜多變的「人間世」中，我們可以不要那麼悲壯地和它碰得頭破血流。因此，顏教授要大家做一個有智慧的人，有能力透視「大怪牛」的結構縫隙，「游刃有餘」地瓦解它，讓它出現新的可能性。藉由其哲理的提點可知，誠然「心靈之眼」不易開啓，但我們應該要深信自己，只要讓心靈跳脫扭曲偏執，終究是可以做得到的。

因此做為一名教師，如何將大智慧納入個人存在感受，俾為現代生活的反省與學習的典範，藉此提升學子們之閱讀能力、思考能力與判斷能力，是我閱讀此書的最大收穫。本書清楚解析有趣的寓言故事，足以提升我在教學方面的多元性運用。茲將本書的重點，扼要說明如下：

「寓言」一般界義為：「以短篇的虛構故事，運用擬人和譬喻等手法來間接呈顯寓意，藉以作為諷喻勸誡，寄託哲理教訓的一種文體」。本書首章所論更為詳備，其言：對於「寓言」之定義，《莊

子》以「藉外言之」來標示其定義與範圍，揭示寓言，就是寄寓之言，是一種「言在此而意在彼」的表述手法，必須借用他物來指稱事理，是一迂迴達意的敘述策略外。次則對於寓言的結構，是以「寓體」就是「事」，也就是故事。「本體」就是「理」，也就是寓意。而「事」與「理」相融合才能呈現豐富寓意。其中值得探究的是，指出寓言按照文類來分，有散文寓言、小說寓言、歌詩寓言、戲劇寓言等四種，書中舉出歷代相關佳作相互印證，來呈現寓言文學類型之多元繁富，這些寓言文類特色的呈現，亦增添中國文學史的新頁。此外，從「中國寓言流變概述」內容，以及第二章至第六章的敘述，可了解各時期的寓言，皆有其發展脈絡與特色，實已蔚成中國寓言世界的繁茂富盛。

　　經由本書簡明的闡發解說，實已將「寓言故事的寓意是寓言創作的靈魂」之文學性揭明出來，應可作為中國古典文學入門最佳教科書之一。

　　綜言之，我自本書領略到中國寓言之豐富意涵，即其塑造之藝術手法，往往採用虛幻的擬人手法、極度誇張手法，以及畫龍點睛法等，使人容易體會哲理、掌握哲理，進而將智慧開顯出來。因此，要如何真正引發學子們學以致用、踐行智慧，同時將文學與人生結合，讓文學更加生活化，以達成怡情養性的文學目標。這些都是我個人的挑戰課題，也是為人師者可努力承擔的責任與使命。是為序。

黃麗卿　序於淡江大學中文系

目　錄

第一章

寓言文學導論

第一節　寓言定義

一、釋名

在中國寓言史當中，首先使用「寓言」一詞者厥爲莊子，其云：

> 寓言十九，重言十七，巵言日出，和以天倪。寓言
> 十九，藉外言之。親父不爲其子媒。親父譽之，不若非
> 其父者也；非吾罪也，人之罪也。與己同則應，不與己
> 同則反；同於己爲是之，異於己爲非之。」
>
> （《莊子‧雜言‧寓言》）

揭示己言不見信，所以託之他人，以見重於人。

其後，漢代劉向在《別錄》中以「偶言者，作人姓名，使相與
語」來解釋「寓言」，「偶」與「寓」同音相假借，因二字上古同
音，同疑聲母侯韻。

南朝梁代劉勰《文心雕龍‧諧讔》曾對諧讔有明確的定義，其
中與寓言攸關者，其云：「讔者，隱也，遯辭以隱意，譎譬以指事
也。」指出「讔」是一種以擬譬的手法來達到指陳事理的功能，意
在以隱微之詞達意。另外，六朝時期因爲佛經大量傳入中土，流行
以「譬」、「喻」來指稱蘊涵寓言實質內涵的佛經，例如《百喻
經》、《雜譬喻經》即是，此二書事實上即是以寓言喻示佛理的典
籍，此中以「譬」、「喻」來稱說寓言這一類典籍，是側重在擬
譬、取喻的手法。

唐宋時期對於寓言的名義，轉以「誡」、「戒」、「說」、
「喻」來指稱，側重說理的功能性，例如柳宗元有〈三戒〉、晁補之
〈鳥戒〉、柳宗元〈捕蛇者說〉、蘇軾〈烏賊魚說〉、〈日喻〉等
等，不一而足。

　　明代末年，又轉翻新詞來稱此類文體，以「況義」來翻譯稱說《伊索寓言》，其後，另有「意拾蒙引」、「海國妙喻」等名。

　　盱衡前論，從寓言、偶言、讔、譬、喻、戒、說、況義皆是異名同構，同是寓言之異名，卻因側重的意義不同而有不同的名稱，在寓言史上不斷地流轉。[1]

二 釋義

　　對於「寓言」之定義，《莊子》以「藉外言之」來標示其定義與範圍，揭示寓言就是寄寓之言，是一種「言在此而意在彼」的表述手法，必須借用他物來指稱事理，是一迂迴達意的敘述策略。

　　至於西方對於「寓言」有三詞，一是fable，是一種以輕薄短小虛構故事來表達道理的一種文體；二是parable，是古希臘所提出有關傳達神或宗教旨意的短篇虛構敘事文體；三是allegory，是一種言在此而意在彼，以此情節來暗示另一意涵的比況手法，使讀者明白其意。此三者西方嚴分畛域，《伊索寓言》即是fable，短小的虛構故事；而《新約全書》多parable，與宗教或神的旨意有關；至於allegory則運用最廣，有人翻譯成「託諷」，是「字面義」之外另有指涉的意義，篇幅長短不拘。[2]

　　對中國而言，寓言之定義採用廣義的用法，重在寄託，比較不重故事性與情節性，因此古人稱寄託理想或諷刺現實的詩文，都可稱為寓言。此屬於廣義的用法，合於莊子的「藉外言之」。但是在引進西方寓言的概念時，現代人研究寓言，比較採用狹義的用法，其組構方式必須是「**故事 ＋ 寄託**」才稱為寓言，也就是同時需兼重故事性與

---

[1]　以上有關寓言「釋名」的部分，參考陳蒲清《中國古代寓言史》（湖南教育出版社，1996.6增訂版）、《寓言文學理論、歷史與應用》（臺北：駱駝出版社，1992.10）。

[2]　以上有關寓言「釋義」的部分，參考陳蒲清《寓言文學理論、歷史與應用》（臺北：駱駝出版社，1992.10）。

寄託性。

第二節　寓言結構

寓言的基本結構是：寓體＋本體

「寓體」就是故事或情節，「本體」就是寄託的言外意。此二者缺一不可，也就是說寓言的本質一定是借用某一故事或情節來表述迂迴不可直說的道理、諷刺的內容或影射的意義。

我們試以《晏子春秋・社鼠》來說明：

> 夫社，束木而塗之，鼠因往託焉。熏之則恐燒其木，灌之則恐敗其塗。此鼠所以不可得殺者，以社故也。
>
> （《晏子春秋・內篇・向上》）

老鼠寄住社中，欲用火熏老鼠，懼燒壞社木；欲以水灌之，怕毀損泥牆，所以老鼠得安享社中，人們對其莫可奈何。透過老鼠寄住社中，其實正是告訴我們，想除去老鼠有「投鼠忌器」之顧慮，而老鼠則因「社」為庇護之所，深知人們不敢輕舉妄動，所以能安然無恙之故。這則寓言告訴我們，為了顧全大局，往往不敢輕率行動，而有靠山之人則藉此而有恃無恐。

本則故事雖然以老鼠為喻，是一個簡單的寓言故事，但是在本則故事的後面還有一段文字：「夫國亦有焉，人主左右是也。內則蔽善惡於君上，外則賣權重於百姓，不誅之則亂，誅之則為人主所案據，腹而有之，此亦國之社鼠也。」也就是說「社鼠」是表層意義，以簡單的社鼠來喻抽象難懂的治國之理，接著才有後半段說明君王旁邊的佞幸小人也就像社鼠一樣，內蔽君王，外賣權勢，使君王被蒙蔽，而百姓卻又無可奈何。「社鼠」是「寓體」，「國之社

鼠」是「本體」，所謂的「寓體」就是指寓託的故事，而「本體」就是指「寓意」所指。在這則故事當中，「社鼠」是寓體，本身也有寓意，而「國之社鼠」才是「社鼠」所託寓的事理之所在，也就是說，透過「社鼠」這個簡明的故事，用來說明難懂的「國之社鼠」的道理。當然，在後世的應用中，可以再推擴到其他的層面，而未必要指治國之理。一個寓言可以僅有文字面的表層意義，也可以再推擴到其他的層面。而作者在創作寓言時，有時是要透過表層意義再傳達更多更深刻的意義。本體是寓意，寓體是故事，故事有寓意而所對應出來的「本體」也有一個寓意，此二寓意是相關聯的，前者是「以簡喻難」、「以具象喻抽象」、「以易懂喻難懂」的簡式故事，後者才是作者意圖所指，而讀者呢？可再深化、推擴運用到其他層面或其他事理中，這樣，寓言的豐富性才被讀者開發出來了，而不必固守原有的寓意。

　　寓言的類型多元繁富，茲簡述如下。

一、依寓體（故事情節）多寡分類

1.單個故事

　　寓言，通則是一個故事指稱一個寓意，此屬於「單個寓言」，例如《伊索寓言》即是屬於單個寓言，一個故事對應一個寓意。我們以《墨子·染絲之歎》來說明：

> 子墨子見染絲者而歎曰：「染於蒼則蒼，染於黃則黃。所入者變，其色亦變。五入必，而已則為五色矣。故染不可不慎也。」
> 非獨染絲然也，國亦有染。

（〈所染〉）

故事（寓體）是染絲的故事，絲會因染料顏色而變化其色，絲即會變化顏色告訴我們將絲放入青色染缸中，就會濡染青色；置入黃色染缸就會濡染黃色；若置入的染料改變顏色，那麼絲布也會變化顏色，放入五色染料當中，就會染上五種顏色。寓意（本體）是墨子藉由染絲觸發更深的意義，即社會風氣就像一個大染缸，會影響百姓的言行舉止，不可不慎，告誡君王治國之理必須確立良好的社會風氣，或是有正確的指導方針，才能引導人民走向良善風俗。如此一個故事對應一個寓意，就是「單個故事」。

2.多個故事

　　許多故事指稱一個寓意的寓言，此稱為「多個故事」。依據陳蒲清的分類有四種：

　　平列式：以寓言群的方式呈現，至少二個以上，多可至十數個故事用來說明一個道理者。例如《韓非子‧內儲說上》為了說明君王統馭臣下之七種權術，每種權術用幾則或十幾則寓言故事表述七種權術，總共用了四十九則故事。

　　螺旋式：又稱輾轉推進式。是以輾轉遞進的方式，採用數個寓言來說明事理者。例如蘇軾〈日喻說〉以「扣盤捫燭」、「北人學沒」二個故事來說明為學之道：

〈扣盤捫燭〉

　　生而眇者不識日，問之有目者。或告之曰：「日之狀如銅盤。」扣之而得其聲；他日聞鐘，以為日也。或告之曰：「日之光如燭。」捫燭而得其形；他日揣籥，以為日也。日之與鐘、籥亦遠矣，而眇者不知其異，以其未嘗見而求之人。

〈北人學沒〉

南方多沒人，日與水居也，七歲而能涉，十歲而能浮，十五而能沒矣。夫沒者，豈苟然哉，必將有得於水之道者。日與水居，則十五而得其道。生不識水，則雖壯，見舟而畏之。故北方之勇者，問於沒人，而求其所以沒，以其言試之河，未有不溺者也。故凡不學而務求道，皆北方之學沒者也。

（《東坡全集·日喻》）

　　包容式：又稱包孕式。是故事之中包孕著故事，以揭示道理所在。例如劉基《郁離子》中用〈黔中好賄〉來包孕〈玄石好酒〉的故事，以〈玄石好酒〉來說明「性之所耽，不能絕也」的寓意，玄石好酒如同黔中好賄一樣，是不可改變的本性。

　　系列式：又稱貫穿式寓言群。是以一個主角貫穿一系列故事。例如題爲蘇軾所作之《艾子雜說》即以艾子貫穿四十個故事；劉基《郁離子》以郁離子貫穿一百多個故事。

二、依本體、寓體組構方式分類

　　前述寓言的基本結構是：寓體 ＋ 本體（我們可代換爲：事 ＋ 理）

　　「寓體」即「事」，也就是故事；「本體」即「理」，也就是寓意。

　　我們根據本體與寓體之間的組構方式，可分爲：

1.事

　　單純只有故事，寓意是隱藏不說出來的。例如《尹文子·大道上·山雉鳳凰》：

楚人擔山雉者，路人問何鳥也？擔雉者欺之曰：「鳳凰也。」路人曰：「我聞有鳳凰，今直見之。汝販之乎？」曰：「然。」則十金，弗與，請加倍，乃與之。將獻楚王，經宿而鳥死。路人不遑惜金，惟恨不得以獻楚王。國人傳之，咸以為真鳳凰，貴，欲以獻之。遂聞楚王，王感其欲獻於己，召而厚賜，過於買鳥之金十倍。

2. 事＋理

既將故事表述出來，又揭示寓意所在者。例如《宓子·任人任力》：

宓子賤治單父，彈鳴琴，身不下堂，而單父治。巫馬期亦治單父，以星出，以星入，日夜不處，以身親之，而單父亦治。巫馬期問其故於宓子，宓子曰：「我之謂任人，子之謂任力。任力者固勞，任人者固佚。」

本寓言除了講述宓子賤、巫馬期二人治理單父的故事之外，於文末揭示：「我之謂任人，子之謂任力。任力者固勞，任人者固佚（逸）。」的寓意。

3. 理＋事

先講述寓意，再以故事應證者，例如白居易〈秦吉了〉：

〈秦吉了〉哀冤民也。
秦吉了，出南中，彩羽青黑花頸紅。耳聰心慧舌端巧，鳥語人言無不通。昨日長爪鳶，今朝大嘴鳥。鳶捎拾卵

一窠覆，烏啄母雞雙眼枯。雞號墮地燕驚去，然後拾卵攫其雛。豈無雕與鶚，嗉中肉飽不肯搏。亦有鸞鶴群，閒立颺高如不聞！秦吉了，人云爾是能言鳥，豈不見雞燕之冤苦？吾聞鳳凰百鳥主，爾竟不為鳳凰之前致一言，安用噪噪閒言語！

詩歌之前先有序言說「哀冤民也」即揭示寓意所在。或如劉禹錫之〈養鷙詞〉：

〈養鷙詞〉并引

途逢少年，志在逐獸，方呼鷹隼，以襲飛走。因縱觀之，卒無所獲。行人有常從事於斯者，曰：「夫鷙禽飢則為用，今哺之過篤，故然也。」予感之，作〈養鷙詞〉。

養鷙非玩形，所資擊鮮力。少年昧其理，日日哺不息。
探雛網黃口，旦暮有餘食。寧知下韝時，翅重飛不得。
毰毸止林表，狡兔自南北。飲啄既已盈，安能勞羽翼。

再如〈調瑟詞〉：

〈調瑟詞〉并序

里有富豪翁，厚自奉養而嚴督臧獲，力屈形削，然猶役之無藝極。一旦不堪命，亡者過半，追亡者亦不來復，翁悴沮而追昨非之莫及也。予感之，作〈調瑟詞〉。

調瑟在張弦，弦平音自足。朱弦二十五，缺一不成曲。
美人愛高張，瑤軫再三促。上弦雖獨響，下應不相屬。

　　日暮聲未和，寂寥一枯木。卻顧膝上弦，流淚難相續。

〈養鶩詞〉及〈調瑟詞〉前皆有序，以明旨趣所在，再以故事應證說明之。

4.理＋事＋理

　　先講述寓意，再以故事應證，其後再加述寓意，形成寓意將故事包抄在中間的形式，例如柳宗元〈三戒〉前有總序，即是「理」，在〈臨江之麋〉、〈黔之驢〉、〈永氏之鼠〉篇末各自闡述一段寓意，即是屬於此種類型。通常有總序者採此。例如：

〈三戒〉并序

　　吾恆惡世之人，不知推己之本，而乘物以逞。或依勢以干非其類，出技以怒強，竊時以肆暴，然卒迫於禍。有客談麋、驢、鼠三物，似其事，作〈三戒〉。

〈臨江之麋〉

　　臨江之人，畋得麋麑，畜之入門，群犬垂涎，揚尾皆來。其人怒，怛之。自是日抱就犬，習示之，使勿動。稍使與之戲。積久犬皆如人意。麋麑稍大，忘己之麋也，以為犬良我友，牴觸偃仆，益狎。犬畏主人，與之俯仰甚善，然時啖其舌。三年，麋出門，見外犬在道甚眾，走欲與為戲。外犬見而喜且怒，共殺食之，狼藉道上。麋至死不悟。

〈黔之驢〉

黔無驢。有好事者船載以入，至則無可用，放之山下。
虎見之，龐然大物也，以為神，蔽林間窺之，稍出近
之，憖憖然莫相知。他日，驢一鳴，虎大駭，遠遁，
以為且噬己也，甚恐。然往來視之，覺無異能者，益習
其聲，又近，出前後，終不敢搏。稍近，益狎，蕩倚
衝冒，驢不勝怒，蹄之。虎因喜，計之曰：「技止此
耳。」因跳踉大㘞，斷其喉，盡其肉，乃去。
噫！形之龐也，類有德，聲之宏也，類有能，向不出其
技，虎雖猛，疑畏，卒不敢取。今若是焉，悲夫！

〈永某氏之鼠〉

永有某氏者，畏日，拘忌異甚。以為己生歲直子，鼠，
子神也。因愛鼠，不畜貓犬。禁僮勿擊鼠，倉廩庖廚，
悉以恣鼠不問。
由是鼠相告，皆來某氏，飽食而無禍。某氏室無完器，
椸無完衣，飲食大率鼠之餘也。晝累累與人兼行，夜則
竊齧鬥暴，其聲萬狀，不可以寢，終不厭。
數歲，某氏徒居他州。後人來居，鼠為態如故。其人
曰：「是陰類惡物也，盜暴尤甚，且何以至是乎哉！」
假五六貓，闔門，撤瓦，灌穴，購僮羅捕之，殺鼠如
丘，棄之隱處，臭數月乃已。
嗚呼！彼以其飽食無禍為可恆也哉！

（《柳宗元文選‧三戒》）

以上〈三戒‧序〉先說明一系列寓言敘寫的寓意，分項寫寓言故事

時，再於文末說明寓意，例如〈臨江之麋〉之文末揭示寓意，說明麋鹿有主人依恃，狗不敢動之，麋鹿不悟自己非犬類，出外被群犬殺食。不能弄清自己的面目，依勢以干非其類，終不能遠災。

5. 事 + 理 + 事 + 理 + ……

這種組構方式在中國為例甚少，印度卻非常的多，不斷地運用故事與寓意相互映證的方式布示，形成像葡萄串式的綴掛，例如印度《五卷書》即是。

三 依本體寓意之隱顯分類

寓言故事必定有寓意，但是寓意的呈示卻有兩種：

1. 說明式寓意

又稱揭露式寓意，將寓意清楚表述出來。而表述的立場有由作者道出，有由故事人物道出，亦有由說故事的敘事者道出。

我們試以〈狂狡被俘〉來說明：

> 狂狡輅鄭人，鄭人入於井。倒戟而出之，獲狂狡。君子曰：「失禮違命，宜其為禽也。戎，昭果毅以聽之之謂禮。殺敵為果，致果為毅。易之，戮也。」
>
> （《左傳‧宣公二年》）

狂狡迎戰鄭人，鄭人不小心落入井中，狂狡心存仁心倒戟救鄭人出來，鄭人從井中逃出反而擒拿狂狡。這個寓言告訴我們，要在適合的場合做恰切的表現，不可妄作主張，尤其在兩軍對峙時，對敵人仁慈就是對自己殘忍。

本故事的敘寫結構是屬於「說明式的寓意」，而且是「後置型寓意」。究竟何謂「說明式寓意」呢？「說明式」就是經由作者或故事

中人物說明寓意者屬之。本故事由「君子曰：失禮違命……易之，戮
也。」來揭示寓意所在，說明作戰之理。

2.體悟式寓意

又稱隱藏式寓意，就是「文本」（text）不說明寓意，欲讓讀者
自行心領神會。「體悟式」則可能產生：契會作意、誤讀或讀者重新
詮釋的三種可能性。然而誤讀與重新詮釋未必皆為負面效應，有時可
以豐富寓意，因爲不說明寓意時，讀者的想像空間更大更多，更可
以開啓多元的聯想。通常可由「言內求意」，以知其旨趣，如若不
然，則「言外求意」則易生歧義，產生誤讀或寓意開發的情形。

四 依寓意表述方式分類

寓言依結尾之寓意表述方式來觀察，有兩種類型：

1.開放式

無固定意，端由讀者逆尋作意。即前述之「體悟式寓意」。

2.封閉式

有固定意，已在文本之中指出寓意者。即前述「說明式寓意」。
有「前置型」、「後置型」、「前後並置型」三種表述寓意的方式。

第三節　寓言類型

一、按寓體分類（故事類型）

大體可區分為兩大區塊：

1.人物寓言故事

以人爲主體，有歷史故事、神話故事、生活故事、笑話趣聞等。

2.擬人物寓言故事

　　以非人物爲主體，可再分爲生物與無生物二型，生物寓言通常是以動物爲多，例如《伊索寓言》即是。除動物寓言之外，尚有植物寓言；無生物寓言包括天象寓言、抽象寓言、大自然寓言等。

二、按本體分類（寓意）

　　依據陳蒲清分類，包括三種類型：

1.解釋型寓言

　　說明人、事、自然界的各種現象產生的因由，例如〈蒼蠅和蜜蜂〉。

2.說理型寓言

　　以揭示哲理、宗教、政治、社會、道德修養、教育等各種道理者，例如《孟子・告子上・學弈》：

〈弈秋教弈〉

　　弈秋，通國之善弈者也。使弈秋誨二人弈，其一人專心致志，惟弈秋之為聽；一人雖聽之，一心以為有鴻鵠將至，思援弓繳而射之，雖與之俱學，弗若之矣。為是其知弗若與？曰：「非然也。」

（《孟子・告子上》）

再如〈攘雞〉：

〈攘雞〉

　　今有人，日攘其鄰之雞者，或告之曰：「是非君子之

道。」曰：「請損之，月攘一雞，以待來年，然後
已。」

如知其非義，斯速已矣，何待來年？

（《孟子·滕文公下》）

3.批評型寓言

以諷刺、歌頌為主者，例如〈刻舟求劍〉、〈掩耳盜鐘〉等。

〈刻舟求劍〉

楚人有涉江者，其劍自舟中墜於水，遽契其舟曰：「是
吾劍之所從墜。」舟止，從其所契者入水求之。舟已行
矣，而劍不行，求劍若此，不亦惑乎？以此故法為其國
與此同。時已徙矣，而法不徙，以此為治，豈不難哉？

（《呂氏春秋·慎大覽第三》）

〈掩耳盜鐘〉

范氏之亡也，百姓有得鍾者，欲負而走，則鍾大不可
負，以椎毀之，鍾況然有音，恐人聞之而奪己也，遽揜
其耳。惡人聞之可也，惡己自聞之悖矣。為人主而惡聞
其過，非猶此也？惡人聞其過尚猶可。

（《呂氏春秋·不苟論第四》）

三、按本體與寓體關係分類

陳蒲清分為「比況型」及「象徵型」二種。「比況」是一種比喻

與類比的關係，即是「以彼喻此」，例如《戰國策・鷸蚌相爭》用來比喻兩國相爭，第三國得利的寓意。「象徵型」是以具體形象來暗示抽象的事理，例如《莊子・應帝王・渾沌之死》：

〈鑿破渾沌〉

南海之帝為儵，北海之帝為忽，中央之帝為渾沌。儵與忽時相與遇於渾沌之地，渾沌待之甚善。儵與忽謀報渾沌之德，曰：「人皆有七竅以視聽食息，此獨無有，嘗試鑿之。」日鑿一竅，七日而渾沌死。

（《莊子・應帝王》）

筆者分作三種類型：[3]

1. 文本式寓言：呈示表層意義

以表現表層故事的寓意為主者稱之。我們試以《墨子・多言何益》來說明：

〈多言何益〉

子禽問曰：「多言何益乎？」

墨子曰：「蝦蟆蛙黽，日夜恆鳴，口乾舌擗，然而不聽。今觀晨雞，時夜而鳴，天下振動。多言何益？惟其言之時也。」

（墨子佚文，見《太平御覽》卷九四九引《文子》）

---

[3]　見《表意・示意・釋義：中國寓言詩析論》（臺北：里仁，2007.2）第四章〈寓言詩文本示意模式與寓意顯發〉之第二節〈對應關係：本體寓體之寓意對照呈示〉頁200-218。

禽子有所疑惑地問墨子：「多說話有好處嗎？」墨子不直接回答所問，反而以蝦蟆、青蛙、黽蟲爲喻，說這三種動物每天鳴叫，叫得口乾舌燥，但是沒有人聽牠們在叫什麼，而雄雞按時鳴叫，天下人聽到牠的鳴叫皆紛紛起床，開始一天的工作，多說話就像蝦蟆、青蛙、黽蟲，對人類有什麼益處呢？還不如雄雞一啼天下振動。以此來對照人類，多說話無益，要說得好，說得巧，這樣才能發揮說話的效用。從這個故事告訴我們，雄雞適時而啼、適時而言，必能收正面效益。據此而可得：凡事要適時、適地、適人、適性地表現，才能充分發揮功能，否則徒勞無功或事倍功半。本故事以「文本」之指涉透顯寓意。

2.託喻式寓言：呈示「以彼喻此」之寓意

在表層意義之外，另藏一層指涉的寓意，例如《戰國策·鷸蚌相爭》，表層意義是「漁翁得利」，可是他真正要指涉的意義卻是：燕趙相戰，秦國得利的託喻。再如《孟子·揠苗助長》：

〈揠苗助長〉

宋人有閔其苗之不長而揠之者，芒芒然歸，謂其人曰：「今日病矣！予助苗長矣。」其子趨而往視之，苗則槁矣，天下之不助苗長者寡矣。以為無益而舍之者，不耘苗者也；助之長者，揠苗者也。非徒無益，而又害之。

（《孟子·公孫丑上》）

表層寓意是表述種禾苗欲速不達，真正指涉的意義是治國之理。也就是前述的allegory。我們再以〈酒店猛狗〉來說明：

〈酒店猛狗〉

人有酤酒者，為器甚潔清，置表甚長，而酒酸不售。問
之里人其故。里人云：「公狗之猛。人挈器而入，且酤
公酒，狗迎而噬之，此酒所以酸而不售也。」
夫國亦有猛狗，用事者是也。有道術之士，欲干萬乘之
主，而用事者迎而齕之，此亦國之猛狗也。

（《晏子春秋‧內篇問上》）

這個寓言可分作兩層來看：

第一層是「酒店猛狗」的故事。賣酒的人將酒旗製作得非常的
顯目耀眼，欲吸引客人上門，酒器也非常的清潔，表示衛生條件甚
佳，但是，卻無法招攬顧客買酒，致酒變酸而無人問津。問里人何以
故，原來是酒店門口有一隻非常凶猛的狗，只要有顧客上門買酒，便
迎上前咬客人，顧客們怕被狗咬不敢上門沽酒，致酒酸賣不出去。這
個故事說明酒店猛狗造成顧客不買酒的原因，而賣酒者竟不察原來酒
賣不出去，不是酒不好，也不是酒旗不耀眼，而是猛狗咬人造成。

第二層是「國之猛狗」的故事。由於權臣作祟，有治國策略的賢
士往往因權臣妒能嫉賢、操弄權勢，甚至傾軋弄權、橫行霸道，遂不
敢謁見國君以獻治國大策，而君王亦因此而喪失重用賢臣的機會。

第一層「酒店猛狗」及第二層「國之猛狗」是採用對照法的方
式來說明寓意，以酒店猛狗易懂之理來說明國家也有猛狗（嫉賢妒
能、佞幸權臣）。透過二則對照式來說明治國之理，當先去除權臣禍
患，才能延攬賢士來奔。

3.詮釋式寓言：呈示多重詮釋之寓意

所謂詮釋式寓言，乃因借以託理之故事具有晦澀、多義的情形，
造成言人人殊的情形，形成解說者異說繁生的情形。例如李白〈山鷓
鴣詞〉：

〈山鷓鴣詞〉

苦竹嶺頭秋月輝，苦竹南枝鷓鴣飛。嫁得燕山胡雁婿，
欲銜我向雁門歸。山雞翟雉來相勸，南禽多被北禽欺。
紫塞嚴霜為劍戟，蒼梧欲巢難背違。我心折死不能去，
哀鳴驚叫淚沾衣。

釋者各有其解，或云南姬不肯北嫁，或云李白不肯依附永王。

四 按體製分類

按照文類的體製來分，基本上有四種：

1. 散文寓言

以散文敘寫寓言，為例最多，從先秦諸子的哲理寓言有《莊
子》、《孟子》、《呂氏春秋》等；歷史散文有《戰國策》、《國
語》、《左傳》到魏晉南北朝、唐宋元明清，皆以散文寓言形成枝繁
葉茂的水系圖。

2. 小說寓言

以小說體類呈示的寓言，最膾炙人口的就是唐傳奇中的〈枕中
記〉、〈南柯太守傳〉，二故事皆以人生若夢，喻示榮貴不過如大夢
一場。

3. 歌詩寓言

以歌詩體裁呈示的寓言，包括詩、詞、曲、賦等，從《詩經》之
〈鴟鴞〉、〈碩鼠〉即開展寓言詩之敘寫，迄唐代而大盛。例如：

〈魏風·碩鼠〉

碩鼠碩鼠，無食我黍！三歲貫女，莫我肯顧。逝將去

女，適彼樂土。樂土樂土，爰得我所。

碩鼠碩鼠，無食我麥！三歲貫女，莫我肯德。逝將去
女，適彼樂國。樂國樂國，爰得我直。

碩鼠碩鼠，無食我苗！三歲貫女，莫我肯勞。逝將去
女，適彼樂郊。樂郊樂郊，誰之永號？

4. 戲劇寓言

以戲劇形式表述寓言者，例如康海（1475-1540）的雜劇《中山
狼》就是一齣有名的寓言劇。其餘如湯顯祖（1550-1616）之《南柯
記》、《邯鄲記》即是改寫自唐傳奇小說的戲劇。

第四節　寓言解讀、詮釋與開發

寓言之解讀有橫向開發與縱深開發二種面向。

一、縱深寓意開發

依據寓言故事，作縱深式的寓意開發，陳蒲清揭示表層、中層、
深層三種寓意。所謂的表層寓意，是指字面上所喻示的寓意；中層意
義是回到文本的語境中逆尋託喻的寓意；深層寓意是成為普遍性的法
則，透過表象的故事或事理來告訴我們較深刻的道理，或是以易懂喻
難懂，或是以具象之事來說明抽象之理。

我們試以《管子‧難傳馬棧》來說明：

〈難傳馬棧〉

桓公觀於廄，問廄吏曰：「廄何事最難？」廄吏未對，
管仲對曰：「夷吾嘗為圉人矣，傳馬棧最難：先傳曲

木，曲木又求曲木；曲木已傅，直木無所施矣。先傅直
木，直木又求直木；直木已傅，曲木亦無所施矣。」

（《管子・小問篇》）

就本寓言觀之，一、表層寓意是指編製馬棚最難，直木與曲木不能相
容相受。二、中層意義就是：「物以類聚，人以群分」，質性相同的
人往往會互相吸引；正直不阿之人自然容易與正直之人相處，而諂媚
者自然容易與習性相同者互相吸引。三、深層意義：同聲相應，同氣
相求，選拔人才也是如此，故而在上位者如何選擇良才是一件非常重
要的事，有了賢明之士也才能吸納更多相同氣性之人。
　　再如《韓非子・守株待兔》：

〈守株待兔〉

宋人有耕田者，田中有株，兔走，觸株折頸而死。因釋
其耒而守株，冀復得兔。兔不可復得，而身為宋國笑。
今欲以先王之政，治當世之民，皆守株之類也。

（《韓非子、五蠹》）

本寓言可分作幾層寓意來說明：一、表層意義：偶然得到的好處，卻
以爲永遠可以如此幸運，所以不再努力耕種，希望每天守在樹旁，
可以再獲得誤觸樹的兔子，這種好逸惡勞，只想不勞而獲的心態是可
議的。二、中層意義：韓非所要諷刺的對象並非這個坐享其成的宋
人，而是藉由宋人來諷刺只想運用舊的政治制度來治理國家，而不知
時移事變，必須有所更變的守舊者。職是，「守株待兔」的宋人僅是
用來說明事理的「寓體」，而其「本體」是批評儒家「欲以先王之
政，治當世之民」，同樣是愚者行爲。三、深層意義，我們若再運用
「守株待兔」這個成語時，往往脫離治道，而有使用者的語境存乎

其中，使「守株待兔」成爲一個普遍的法則或原理。一個寓言之可貴，不僅是一時一地一人可用之，其最大的效能，當能跨越世代，成爲大家因時因地因人而制宜的寓言，則其價值自然可永世不朽，成爲大家可用、能用的好寓言。

再如《莊子·邯鄲學步》：

〈邯鄲學步〉

且獨不聞夫壽陵餘子之學行於邯鄲與？未得國能，又失其故行矣，直匍匐而歸耳。

（《莊子·秋水》）

本寓言敘寫有一位燕國壽陵少年，本來要去趙國學步行法，結果反而忘了自己燕國步行，只得爬行而歸。用來諷刺刻意去追求或模倣別人者，終究學不到別人長處，反而喪失自己原來的本事。從這個寓言，我們可以做幾個面向的分疏：其一，擁有自己的步行法即可，何必去羨慕趙國人的步行法呢？也就是，人往往覺得外國的東西比較好，而刻意去追求別人的東西。其二，對於自己原有的東西或技能，沒有信心或不喜歡，才會刻意追求不屬於自己的東西，既然非自己原有的，縱使勉強學之，亦因不相應而未能成功，終必不易取得或學會。其三，學習的過程三心二意，或未能體會要領，以致於學習之後仍未能學會，反而因此而喪失原有的技能，說明「前學習」與「後學習」互相混淆，最後一無所獲，連原有的也一併喪失的情形。

再如《莊子·紀渻子養鬥雞》：

〈紀渻子養鬥雞〉

紀渻子為王養鬥雞。十日而問：「雞已乎？」

曰：「未也。方虛憍而恃氣。」

十日又問，曰：「未也，猶應向景。」

十日又問，曰：「未也，猶疾視而有盛氣。」

十日又問，曰：「幾矣。雞雖有鳴者，已無變矣，望之似木雞矣，其德全矣，異雞無敢應者，反走矣。

（《莊子·達生》）

本寓言說明紀渻子養鬥雞是要卻除牠的虛驕盛氣，培養出氣度安閒自若的神態，這樣以氣取勝，其他的鬥雞一見便不敢應戰了。從這個寓言我們知道養鬥雞的方式其實與培養德性一樣，是要去除驕傲之氣，才能安閒自如，達到全人的境界。相對於君王不斷地追問紀渻子，鬥雞養得如何的態度來看，君王的急功好利，希望能在短暫時間內將鬥雞訓練成功，可是紀渻子不因為君王不斷地催促，而急於應付，反而按部就班地訓練鬥雞，終於訓練出一隻人見人畏，眾人皆不敢應戰的鬥雞。從這裡我們可以學到：其一，凡是要成功，必須要耐得住寂寞，經過一番刻苦的訓練才能有成。其二，不追隨時流，不急功好利，堅持自己的方式訓練，終能成大器。其三，真正令人敬畏的鬥雞，不是虛驕恃氣，而是優閒自若。反之，用之於人亦然，恃氣而驕終非全德之人。

再如《尹文子·山雉鳳凰》（見頁8），我們可分從不同人物視角來觀察這個事件：

1. 路人不識鳳凰，被楚人矇騙，誤將山雉當成鳳凰，出巨資購買。
2. 國人道聽塗說，誤以為是真鳳凰，傳聞此事。
3. 楚王不辨是非，感動路人之真誠，而厚賜之。

整個事件非常的荒謬，出自楚人不誠信作生意開始。如果路人有辨識能力，焉能被騙？如果國人不誤信傳聞，焉能一誤再誤，一傳

再傳？楚王若能徹查事件原委，焉能輕易被騙？整個寓意在揭示我們，不要道聽塗說，不以訛傳訛，凡事要徹求原委。

　　以上諸例，是就原有故事繼續深化內容或寓意者，屬縱向開發。

二、橫向寓意開發

　　寓意之橫向開發，是以不同的立場或視域觀察寓意，我們試以《墨子・魯問・公輸爲鵲》來說明：

〈公輸爲鵲〉

　　公輸子削竹木以爲鵲，成而飛之，三日不下。公輸子自以爲至巧。子墨子謂公輸子曰：「子之爲鵲也，不如匠之爲車轄，須臾劉三寸之木，而任五十石之重。故所爲功利於人謂之巧，不利於人謂之拙。

（《墨子・魯問》）

本寓言說明魯班是位手藝精巧的工匠，製造飛鵲能在天上飛行三天不會掉落，自己也很得意有這般精湛手藝，但是墨子質疑他，飛鵲巧則巧矣，卻無益於民生利用，還不如工匠製造車轄能夠載五十石，有益於載貨。以墨子的角度觀之，凡是對人有益的手藝才稱爲精巧，無益的便是拙。

　　同樣的一則寓言故事，我們可以從相對的兩個層面來說明，墨子學說主張尚用，所以對於製造有利民生的器具者才稱爲巧，反之則稱拙。但是若從藝術的角度觀之，能夠製作飛鵲三日不下，實是技藝過人，創造發明不一定必須從實用的角度來觀察，藝術之所以爲藝術，正是這種不關心、無關乎利害的賞心悅目之作。透過這則寓言，我們可以明確知道，一件器物的價值端看大家從什麼角度出發。這就是溢出寓言本身所固著的寓意，而另行詮釋或開發新的視角。

再如《莊子・秋水・坎井之蛙》：

〈坎井之蛙〉

子獨不聞埳井之蛙乎？謂東海之鱉曰：「吾樂與！出跳梁乎井幹之上，入休乎缺甃之崖；赴水則接腋持頤，蹶泥則沒足滅跗；還虷、蟹與科斗，莫吾能若也。且夫擅一壑之水，而跨跱埳井之樂，此亦至矣，夫子奚不時來入觀乎！

東海之鱉左足未入，而右膝已縶矣。于是逡巡而卻。告之海曰：「夫千里之遠，不足以舉其大；千仞之高，不足以極其深。禹之時十年九潦，而水弗為加益；湯之時八年七旱，而崖不為加損。夫不為頃久推移，不以多少進退者，此亦東海之大樂也。」

於是埳井之蛙聞之，適適然驚，規規然自失也。

（《莊子・秋水》）

本寓言說明井底之蛙每日在井水中跳來跳去，自以為是最大的快樂了，於是告訴東海的大鱉說何不進來我的井水試試這種快樂呢？結果東海大鱉左腳未進，右腳即被絆住了，然後告訴井蛙大海的廣大無涯，不因時間的久短而稍加減益，也不因水災旱災而有減損增加，這時井蛙才知道天下之間還有如此大的海水。寓意告訴我們，受限於生活環境的井蛙不知有大海，用以喻示見識淺短而欣然自樂的人。但是透過這個寓言，我們可以再引申出，井蛙縱使見識淺短，然而卻能自得其樂，東海大鱉不應以此恥笑井蛙，各有生存環境，各得其樂即可，不必以自己身存環境之大之優渥而向人誇耀。而井蛙自得其樂即可，何必欣羨他人，畢竟小蛙不適合生長在大海之中。各順其生、各從其所，這就是一種快樂。

再如〈田父得玉〉：

〈田父得玉〉

魏田父有耕於野者，得寶玉徑尺，弗知其玉也，以告鄰人。鄰人陰欲圖之，詐之曰：「此怪石也。畜之弗利其家，弗如復之。」

田父雖疑，猶錄以歸，置於廡下。其夜玉明，光照一室。田父稱家大怖，復以告鄰人。鄰人曰：「此怪之徵，遄棄，殃可銷。」於是遽而棄於遠野。

鄰人無何盜之，以獻魏王。魏王召玉工相之。玉工望之，再拜卻立，曰：「敢賀大王得此天下之寶，臣未嘗見。」

王問其價。玉工曰：「此玉無價當之。五城之都，僅可一觀。」魏王立賜獻玉者千金，長食上大夫祿。」

（《尹文子‧大道上》）

從故事觀之，本寓言旨在諷刺以不光明卑劣手段取得祿位的人，並告誡我們小心，居心叵測的人，往往是給我們建議的人。但是我們也可以從三個視角來觀察。第一個視角是田父，由於田父不識寶玉，被居心叵測的鄰人矇騙，說擁有寶玉者，將不利其家，所以急著將寶玉棄置廊廡之下，結果寶玉夜半大放光明。再告訴鄰人，鄰人勸他迅速棄毀，因為獲得寶玉者會罹災。田父根本沒有辨識寶玉的能力，所以聽從鄰人建議，將之棄置郊野，錯失寶物。寓旨在說明不識寶物，終被人騙。

　　第二個視角是鄰人，一心想要擁有寶物，必須用盡心機，先誑騙田父，說這個寶玉不利其家，田父半信半疑，置之廊下，待夜放光芒，再說獲寶者會罹災，使田父相信他，待田父將至寶棄置後，才去

偷盜，並且獻給魏王，因此而永享祿位。寓旨在說明巧用心機，必可獲取高官厚祿。

　　第三個視角是魏王，但知有人獻寶，不辨是非，亦不必知道獻者到底用什麼手段獲得寶玉，而讓獻者永享祿位，自己也擁有寶玉。

　　這樣分從不同視角解讀寓言，即是橫式寓意開發，重在詮釋立場之選擇。

　　寓言之所以引人入勝，在於故事簡短精采，透過取譬託喻的故事，以「易懂喻難懂」、以「具象譬抽象」，或「以諧寓莊」，或「以古喻今」等手法，達到振聾發聵、啓發智慧的效能。有時寓言也採用迂曲手法適時的反映社會、政治現象，以誘導、啓迪的方式，避開正面說理之敬肅、當面指斥之難堪，達到「言之者無罪，聞之者足以戒」的目的。是故巧藉故事迂迴取勝，這就是寓言廣受喜愛的緣故，也是它最大的功效。古人爲我們留下這些珍貴的智慧遺產，值得我們反覆吟詠，開啓慧命。

第五節　中國寓言流變概述

　　中國寓言史大抵可以區分爲五大時期，各自展現不同的特色，蔚成寓言苑囿的奇花異草。

一、先秦時期

　　先秦是各家學說蓬勃、百家爭鳴的時代，表現在寓言方面也繁盛可觀。此時期之寓言大抵是依附在各種學說、典籍之中，大約可再細分爲三系：

1. 哲理寓言

　　又稱諸子寓言，以闡述各家學說思想爲主，例如儒家有《論語》、《孟子》、《荀子》等；道家有《莊子》、《老子》等，其中

以《莊子》一書含量最豐富，歷來研究者最多。墨家有《墨子》；法家有《韓非子》、《慎子》、《商書》等。雜揉各家學說者，例如《晏子春秋》、《呂氏春秋》等，其他尚有《管子》、《尹文子》、《孫子》等。

2. 史傳寓言

以記載各國歷史典籍者，例如《左傳》、《國語》、《戰國策》、《公羊傳》等。

3. 經典寓言

存錄在經典之中，例如《詩經》、《易經》等。

二、兩漢時期

1. 哲理寓言

例如陸賈《新語》、賈誼《新書》、劉安《淮南子》、劉向《說苑》、《新序》等。

2. 史傳寓言

例如司馬遷《史記》、班固《漢書》等。

3. 經典寓言

例如韓嬰《韓詩外傳》、《莊子》、戴聖《禮記》、《春秋繁露》等。

4. 其他寓言

例如《風俗通義》、兩漢詩賦。

三 魏晉南北朝

1. 子書

例如前秦符朗《符子》、蕭繹《金樓子》、劉晝《劉子》等。

2. 佛典

例如《百喻經》之〈三重樓喻〉、《雜譬喻經》等。

3. 史書

例如《後漢書》之〈阿豺命折箭〉、《宋書》袁粲傳之〈狂泉〉等。

4. 筆記小說

志人小說有邯鄲淳《笑林》、劉義慶《世說新語》等。

志怪小說有曹丕《列異傳》、干寶《搜神記》、題為陶淵明《後搜神記》等。

四 唐宋時期

寓言發展到唐代，不再附屬於政治家國之教化作用，也不再是一種邊緣性、穿插式的文體，開始有韓柳大量創作寓言，從附屬的地位提高到獨立創作，開展出寓言文學的敘寫類型。

1. 詩文類

散文方面有韓愈、柳宗元、歐陽修、蘇軾等人大量創作寓言。

詩歌方面有王梵志、李白、杜甫、白居易、元稹、劉禹錫等人。

2. 傳奇類

唐傳奇有〈枕中記〉、〈南柯太守傳〉、〈李衛公靖〉等篇。

筆記小品有張鷟《朝野僉載》之〈執經求馬〉、《冷齋夜話》之〈痴人說夢〉等。

五 元明清時期

除了原有的散文寓言之外，也與笑話匯流，形成存量豐富的「笑話型寓言」。

1. 一般寓言

例如劉基（1311-1375）《郁離子》、宋濂（1310-1381）《燕書》、《龍門子凝道記》等。

2. 笑話寓言

有趙南星《笑贊》、江盈科《雪濤諧史》、陸灼《艾子後語》、潘游龍《笑禪錄》、石成金《笑得好》、吳沃堯《俏皮話》、《新笑史》、《新笑林廣記》等。

3. 戲曲

有康海《中山狼傳》、湯顯祖《南柯記》、《邯鄲記》、沈璟《博笑記》、孫仁孺《東郭記》、《醉鄉記》等。

4. 小說

吳承恩《西遊記》、蒲松齡《聊齋誌異》、袁枚《新齊諧》等皆有部分寓言含藏其中。

綜上所述，各時期皆有其特色，蔚成中國寓言世界的繁茂富盛。

第二章

先秦時期

一、《管子》

　　管仲（？-前645），名夷吾，春秋齊國潁上人。早年貧困，曾經商，初事公子糾，後經鮑叔牙推薦，相齊桓公，主張尊王攘夷，助齊桓公成春秋五霸之一，亦是法家前期代表人物。

　　《管子》，託名管仲所作，應為戰國齊國稷下學者著作總集，亦有漢人附益的部分，思想龐雜。劉向校定為八十六篇，今存七十六篇，分八類，有〈經言〉九篇、〈外言〉八篇、〈內言〉七篇、〈短語〉十七篇、〈區言〉五篇、〈雜篇〉十篇、〈管子解〉四篇、〈管子輕重〉十六篇。

〈小問‧難傅馬棧〉

　　桓公[1]觀於廄[2]，問廄吏曰：「廄何事最難？」廄吏未對，管仲對曰：「夷吾[3]嘗為圉人[4]矣，傅馬棧[5]最難：先傅曲木，曲木又求曲木；曲木已傅，直木無所施矣。先傅直木，直木又求直木；直木已傅，曲木亦無所施矣[6]。」

說明

直木與曲木不能相互容受，就好像人與人相處一般，正直不阿

1　桓公：齊桓公，姓姜，名小白，春秋五霸之一。

2　廄：馬棚、馬房。

3　夷吾：管仲之名，此乃管仲自稱。

4　圉人：養馬之人。

5　傅馬棧：編製馬棚。

6　曲木已傅，直木無所施……亦無所施矣：意謂馬棚最難在於先編製曲木，則直木就無法再編上去了，反之，先編直木，曲木也不能被編入直木之中，揭示直木與曲木是互不相容的兩種木頭形狀。

之人自然無法見容於阿諛諂媚之人，而到處逢迎拍馬之人亦不能被
正直不阿之人所接納，此即「物以類聚，人以群分」之理。選拔人
才其理亦然，在上位者，如何選擇良才是一件非常重要的事，有了
賢明之士，才能吸納更多相同氣性之人。

二、《左傳》

　　《春秋左氏傳》，簡稱《左傳》，與《公羊傳》、《穀梁傳》合
稱三傳，三傳皆為注解《春秋》之書。《左傳》是我國最早編年體史
書，始自魯隱公元年（西元前722年），終於魯哀公十四年（西元前
481年），記載春秋時代二百四十二年重大史事。《左傳》相傳為春
秋末年魯國史官左丘明所作，唐後學者認為是戰國初年史家根據史料
編纂而成，非一人之作。

〈昭公二十八年・賈大夫射雉〉

　　　　昔賈大夫惡[7]，娶妻而美，三年不言不笑，御[8]以如皋[9]，
　　　　射雉[10]獲之，其妻始笑而言。賈大夫曰：「才之不可以
　　　　已[11]！我不能射，女[12]遂不言不笑。」

説明

　　賈大夫相貌極醜，其妻雖美，卻因未能表現才華，未獲美妻欣

7　惡：指賈大夫相貌醜陋。
8　御：為妻駕車。
9　如皋：前往沼澤地。如：往，到。皋：沼澤地。
10　雉：野雞。
11　才之不可以已：指不能表現善射的才能。已，停止。
12　女：同「汝」，你。

賞，後來一箭射中野雉，其妻才與之言笑。說明人必須適時表現自己的才華，才不會被人輕視。

〈襄公十五年・子罕之寶〉

宋人或得玉，獻諸子罕，子罕弗受[13]。獻玉者曰：「以示玉人，玉人以為寶也，故敢獻之。」子罕曰：「我以不貪為寶[14]，爾以玉為寶[15]，若以與我，皆喪寶也，不若人有其寶[16]。」

說明

　　寶玉固然是稀世珍寶，人人求而欲得，但是並非受者皆視為珍寶。寓意告訴我們，送人禮物時，不要以自己的價值觀來衡量別人的需求。

〈宣公二年・狂狡被俘〉

狂狡輅鄭人[17]，鄭人入於井。倒戟而出之[18]，獲狂狡。君

---

[13] 弗受：不接受

[14] 我以不貪為寶：子罕自稱以清高不貪為行為規範。

[15] 爾以玉為寶：指宋人以美玉為珍奇之寶物。

[16] 若以與我，皆喪寶也，不若人有其寶：指宋人若將寶玉送子罕，則宋人喪失珍寶，而子罕亦無清高不貪之美名，不如各自保有其寶。

[17] 輅鄭人：迎戰鄭國人。輅，迎迓，此指迎戰。

[18] 倒戟出之：狂狡以倒戟將鄭人從井中救出。

子曰：「失禮違命，宜其為禽[19]也。戎[20]，昭果毅[21]以聽之之謂禮。殺敵為果，致果為毅[22]。易之[23]，戮[24]也。」

說明

戰爭，不可心存婦人之仁。狂狡違抗作戰命令而救敵人反被擒拿，戰爭就是要表現剛健果毅的能力，殺敵就是一種果敢的表現，能夠表現果敢就是一種剛毅的行為，如若不然，反而會被對方所殺。這個寓言告訴我們，要在適合的場合做恰切的表現，不可妄作主張，尤其在兩軍對峙時，對敵人仁慈就是對自己殘忍。

三、《晏子春秋》

晏嬰字平仲，齊夷維人（今山東高密），繼承父親桓子為齊大夫，歷相靈公、莊公、景公三公，力行節儉，食不重肉，妾不衣帛，長於辭令外交。在朝時，君語及之，即危言；語不及之，即危行，國有道即順命，無道即衡命，以此三世名顯諸侯，是春秋時代著名政治家、外交家。

《晏子春秋》舊題為晏嬰（？-前500）所作，所述皆晏嬰生平言行事蹟、遺聞軼事，應為戰國時人輯錄而成，有內篇六篇，崇尚節儉之說：外篇二篇，有非儒之意。

---

[19] 禽：捉住。禽，通擒。
[20] 戎：戰爭。
[21] 昭果毅：表現果敢剛毅。昭，彰顯、表現。
[22] 致果為毅：能夠表現果敢就是剛毅的表現。
[23] 易之：更換立場。易之，反之，相反的意思。
[24] 戮：殺。

〈內篇向上・社鼠〉

夫社[25]，束木[26]而塗[27]之，鼠因往託[28]焉。熏之則恐燒其木，灌之則恐敗其塗。此鼠所以不可得殺者，以社故也。

說明

老鼠寄住社中，欲用火熏鼠，懼燒壞社木；欲以水灌鼠，怕毀損泥牆，鼠輩因此得以安享社中，人們卻莫可奈何。寓意揭示我們，為了顧全大局，往往不敢輕舉妄動，有靠山之人因此有恃無恐。本故事以簡單的社鼠為寓體來喻抽象難懂的治國之理，「本體」是指君王旁邊佞幸小人，內藏君王、外賣權勢，使君王被蒙蔽，而大臣、百姓們卻又無可奈何。

〈內篇・雜上・晏子之御〉

晏子為齊相，出，其御[29]之妻從門間[30]而窺，其夫為相御，擁大蓋，策駟馬[31]，意氣揚揚，甚自得也。

既而歸，其妻請去[32]，夫問其故，妻曰：「晏子長不滿六

---

[25] 社：祭土地神之處。

[26] 束木：將木頭捆綁成束

[27] 塗：將木頭塗上泥土，築成泥牆。

[28] 託：託身，指老鼠寄居社木中。

[29] 御：原意為駕馭馬車，此指駕馬車之車夫。

[30] 門間：門縫。

[31] 策駟馬：駕四馬之車。

[32] 去：離開，此指離婚。

尺，身相齊國，名顯諸侯。今者妾觀其出，志念深矣[33]。常以自下者。今子長八尺，乃為人僕御；然子之意，自以為足。妾是以求去也。」

其後，夫自抑損[34]。晏子怪而問之。御以實對[35]。晏子薦以為大夫。

| 說明 |

　　有遠志者往往謙恭自守，而淺薄庸俗之人往往自以為是，表現出趾高氣昂的神氣。馬夫知過能改，立即被推薦為官。「滿招損，謙受益」，凡事不可志得意滿，妄自尊大。

〈內篇雜下・晏子使楚〉

晏子使楚。以晏子短[36]，楚人為小門於大門之側而延[37]晏子。晏子不入，曰：「使狗國者從狗門入，今臣使楚，不當從此門入。」儐者[38]更道[39]，從大門入見楚王。王曰：「齊無人耶？」晏子對曰：「臨淄[40]三百閭，張袂成蔭[41]，揮汗成雨，比肩繼踵[42]而走，何為無人？」王曰：

33　志念深矣：志向遠大，深思熟慮。

34　抑損：謙卑自持。

35　御以實對：馬夫據實回答晏子所問。

36　短：身材短小。

37　延：延入，邀請。

38　儐者：接待賓客之官。

39　更道：換一條路，或換一個門。

40　臨淄：齊國首都，在今山東境內。

41　張袂成蔭、揮汗成雨：喻人口眾多，舉袖則蔽天成蔭，流汗則滂沱如雨下。

42　比肩繼踵：亦是喻人口眾多，比肩是指人多肩並肩而行；繼踵，是指腳跟接著腳跟，皆用來

「然則子何為使乎？」晏子對曰：「齊使命各有所主[43]，其賢者使使賢王，不肖者使使不肖王。嬰最不肖，故直[44]使楚矣。」

說明

敬人者人恆敬之，輕人者反招自損。善長外交辭令的晏子憑著自己的機智為自己化解危機，透過這個故事也告訴我們，不以身材高短作為評價人的高低，而輕侮別人者，往往反招自侮。

〈內篇問上・酒店猛狗〉

人有酤酒者[45]，為器[46]甚潔清，置表甚長[47]，而酒酸不售。問之里人其故。里人云：「公狗之猛。人挈器而入，且酤公酒，狗迎而噬之，此酒所以酸而不售也。」

夫國亦有猛狗，用事者[48]是也。有道術之士[49]，欲干[50]萬乘之主[51]，而用事者迎而齚[52]之，此亦國之猛狗也。

形容人來人往，摩肩擦踵。

[43] 各有所主：各有職司。

[44] 直：僅能，只能。

[45] 酤酒者：賣酒的人。酤，同沽。

[46] 為器：使用的酒器。

[47] 置表甚長：表，標幟；招牌或酒旗非常的長，非常的顯目。

[48] 用事者：國君旁的權臣。

[49] 有道術之士：有治國才能之賢人。

[50] 干：干謁，求見。

[51] 萬乘之主：乘，四馬一車。萬乘，本指天子兵車之多，此指大國國君。

[52] 齚：咬。

說明

　　這個寓言可分作兩層來看。

　　第一層寓體是「酒店猛狗」的故事。說明酒店猛狗造成顧客不買酒的原因，而賣酒者竟不察原來酒賣不出去，不是酒不好，也不是酒旗不耀眼，而是猛狗咬人造成。第二層是「國之猛狗」的「本體」寓意。由於權臣作祟，有治國策略的賢士往往因權臣妒能嫉賢、操弄權勢，甚至傾軋弄權、橫行霸道，遂不敢謁見國君以獻治國大策，而君王亦因此而喪失重用賢臣的機會。透過第一層「酒店猛狗」及第二層「國之猛狗」之對照法來說明寓意，以酒店猛狗易懂之理來說明國家也有猛狗（嫉賢妒能、佞幸權臣），治國之理，當先去除權臣禍患，才能延攬賢士來奔。

〈內篇雜下・橘逾淮爲枳〉

　　晏子將使楚[53]，楚王聞之，謂左右曰：「晏嬰，齊之習辭者[54]也。今方來[55]，吾欲辱之，何以也？」左右對曰：「為其來也，臣請縛一人，過王而行[56]。王曰：『何為者也？』對曰：『齊人也。』王曰：『何坐[57]？』曰：『坐盜[58]。』」

　　晏子至，楚王賜晏子酒。酒酣，吏二縛一人詣王[59]。王曰：「縛者曷為者也？」對曰：「齊人也，坐盜。」王

---

[53] 使楚：出使楚國。

[54] 習辭者：善長外交辭令的人。

[55] 方來：剛要來，正要來。

[56] 過王而行：從國王面前經過。

[57] 何坐：坐何之意，也就是因為什麼而犯罪。

[58] 坐盜：因盜被捕。

[59] 詣王：謁見國王。

視晏子曰：「齊人固善盜乎？」晏子避席對曰：「嬰聞之，橘生淮南則為橘，生於淮北則為枳[60]，葉徒相似，其實味不同。所以然者何？水土異也。今民生長於齊不盜，入楚則盜，得無楚之水土使民善盜耶？」王笑曰：「聖人非所與熙[61]也，寡人反取病[62]焉。」

〈內篇諫上・圉人養馬〉

景公使圉人[63]養所愛馬，暴死[64]，公怒，令人操刀解養馬者。是時晏子侍前，左右執刀而進，晏子止，而問於公曰：「堯、舜支解[65]人，從何軀始？」公矍然[66]曰：「從寡人始。」遂不支解。

60　枳：一種貌似橘而小於橘，食之似橘而酸苦的果實。

61　熙：同嬉，開玩笑。

62　取病：病，羞辱。自取其辱。

63　圉人：宮中養馬之人。

64　暴死：突然死亡。

65　支解：古代酷刑之一，肢解人的四肢。

66　矍然：驚訝的樣子。

說明

　　晏子面對景公暴怒，以一言化解干戈。運用策略是以堯舜比之景公，堯舜為君未曾肢解臣子，景公以堯舜自期，必不肢解人，所以很幽默的說：從我開始吧。

四　《墨子》

　　墨翟（西元前480-376），是戰國初期著名思想家、政治家，也是墨家學說的創始人，關於生平，一說為魯國人，做過宋國大夫，後長期居魯。政治及社會思想主張兼愛、非攻、尚賢、尚同、節儉、薄葬、非樂等。其著述及言行被門徒、後學輯為《墨子》一書。

　　《墨子》，現存五十八篇，是墨家學說集成，學說以修正儒家思想為主，以「天志」為核心，提倡「兼愛、非攻」以治天下；「節國、節葬、非樂」以儉樸應世；「尚賢」以選賢舉能。文字簡潔，善用譬喻說理。

〈所染・染絲之歎〉

　　子墨子[67]見染絲者而歎曰：「染於蒼[68]則蒼，染於黃則黃。所入者[69]變，其色亦變。五入必[70]，而已則為五色矣。故染不可不慎也。」
　　非獨染絲然[71]也，國亦有染。

---

[67] 子墨子：學生對老師墨子的尊稱。

[68] 蒼：青色。

[69] 所入者：指置入染缸的染料。

[70] 五入必：放入五種染料完畢。必，同畢。

[71] 然：如此，這樣。

說明

故事分兩層，第一層是染絲的故事，絲會因染料顏色而變化其色。墨子藉由染絲觸發第二層治國之理，社會風氣就像一個大染缸，會影響百姓的言行舉止，不可不慎，告誡君王治國之理，必須確立良好的社會風氣，因個人與社會環境休戚與共，良好的社會風俗、文化習俗會塑造出良好的人民。

〈魯問‧公輸爲鵲〉

公輸子[72]削竹木以為鵲，成而飛之，三日不下。公輸子自以為至巧。子墨子謂公輸子曰：「子之為鵲也，不如匠之為車轄[73]，須臾劉[74]三寸之木，而任[75]五十石[76]之重。故所為功利於人謂之巧，不利於人謂之拙。

說明

魯班是位手藝精巧的工匠，製造飛鵲能在天上飛行三天不會掉落，自己也很得意有這般精湛手藝。但是墨子卻質疑他，認為飛鵲巧則巧矣，卻無益於民生利用，還不如工匠製造車轄能夠載五十石，有益於載貨。以墨子的角度觀之，凡是對人有益的手藝才稱為精巧，無益的就是拙。墨子學說主張尚用，所以對於製造有利民生的器具者才稱為巧，反之則稱拙。

---

[72] 公輸子：公輸班，春秋魯國人，又稱魯班，是古代名匠。

[73] 轄：古代馬車零件，插在軸端孔內。

[74] 劉：雕。

[75] 任：負重。

[76] 石：古代計重單位，一說一百二十斤為一石，一說二十五斤為一石。

〈多言何益〉

子禽[77]問曰：「多言何益乎？」

墨子曰：「蝦蟆蛙黽，日夜恆鳴，口乾舌擗[78]，然而不聽。今觀晨雞，時夜而鳴[79]，天下振動。多言何益？唯其言之時[80]也。」

（墨子佚文，見《太平御覽》卷九四九引《文子》）

　　墨子以蝦蟆、青蛙、黽蟲為喻，揭示多說話無益，不如雄雞一啼天下振動。對照人類，要說得好，說得巧，才能發揮說話的效用。從這個故事，我們可以再推展寓意，凡事要適時、適地、適人、適性地表現，才能充分發揮功能，否則徒勞無功。世界上多言、佞言的人太多了，倒不如學學雄雞適時而啼、適時而言，必能收正面效益。

〈兼愛中・楚王好細腰〉

昔者，楚靈王[81]好士細腰。故靈王之臣，皆以一飯為

77　子禽：即禽子，墨子學生。

78　擗：通㢢，疲倦之意。一作「木辟」，指檗，即黃柏，味苦，引申「苦」。

79　時夜而鳴：指按時啼叫。時夜即司夜，反訓為司晨。

80　時：按時，適時。

81　楚靈王：春秋時楚國國君。

節[82]，脅息然後帶[83]，扶牆然後起[84]。比[85]期年[86]，朝有黧黑之色[87]。

說明

　　君王好細腰，大臣順合國君所好，不惜改變生理需求（飲食的需求）及不辨是非（對健康不利）的拼命節食，致身體瘦弱，不堪行走。以此喻示風行草偃，上行下效之治國之理。

五 《孟子》

　　孟子（約西元前372-289）名軻，字子輿，鄒人（今山東鄒縣東南），戰國時思想家、政治家、教育家。曾受業於子思的門人，曾任齊宣王客卿，因歷遊齊、宋、滕、魏等國不見重用，退而與弟子萬章、公孫丑等人著書立說。

　　《孟子》一書是孟子與弟子所著，或言是孟子弟子及再傳弟子所編纂而成。今存書七篇，以性善爲說，提倡仁政，注重心性修養問題，對後世儒學影響甚鉅。

---

82 一飯爲節：節制每天只吃一頓飯。

83 脅息然後帶：深呼吸才勒緊腰帶。

84 扶牆然後起：扶著牆才能站起來。

85 比：等到

86 期年：一週年，一整年。

87 黧黑之色：顏色枯槁，形容黑瘦。

〈梁惠王上・五十步笑百步〉

填然[88]鼓之，兵刃既接，棄甲曳兵[89]而走[90]，或百步而後止，或五十步而後止。以五十步笑百步，則何如？

說明

　　人，往往看得到別人的缺點，卻看不到自己的缺點，以他人的缺點來攻擊對方，其實正不知道自己也是被嘲笑的對象之一。

〈公孫丑上・揠苗助長〉

宋人有閔[91]其苗之不長而揠[92]之者，芒芒然歸[93]，謂其人曰：「今日病[94]矣！予助苗長矣。」其子趨而往視之，苗則槁矣，天下之不助苗長者寡矣。以為無益而舍之者，不耘苗者也；助之長者，揠苗者也。非徒無益，而又害之。

說明

　　為了幫助禾苗成長，不努力鋤草施肥，反而將禾苗拔高，禾苗離根不能生長反而枯萎。天底下的事，我們都希望能立竿見影、馬上見效或事半功倍。殊不知成功需要時間烘焙，急於成事，欲速不

88　填：作戰擊鼓聲音。

89　曳兵：拖著兵器。

90　走：逃跑。

91　閔：通憫，憂心。

92　揠：拔起。

93　芒芒然：疲倦的樣子。

94　病：疲倦、疲勞。

達，不僅無益禾苗成長，反而加速敗亡。這則寓言孟子是用說明治理國政亦是希望能立竿見影，但是用錯方法，不僅僅無益反而敗事，勸國君莫做揠苗助長之事。

〈滕文公下・一傅眾咻〉

有楚大夫於此，欲其子之齊語也。則使齊人傅[95]諸？使楚人傅諸？」曰：「使齊人傅之。」曰：「一齊人傅之，眾楚人咻[96]之，雖日撻[97]而求其齊也，不可得矣；引而置之莊、岳[98]之間數年，雖日撻而求其楚，亦不可得矣。」

説明

　　身處楚國，雖然努力學齊語，卻因為環境對答皆用楚語，所以難成。若到齊國，在生活環境耳濡目染之下，數年之間必定會齊語。揭示學習環境對人的重要。

〈告子上・弈秋教弈〉

弈秋[99]，通國[100]之善弈[101]者也。使弈秋誨二人弈，其一人專心致志，惟弈秋之為聽；一人雖聽之，一心以為有鴻

95　傅：教導。

96　咻：喧鬧、叫鬧。

97　撻：鞭打。

98　莊、岳：指齊國首都臨淄的街市。莊，村莊或市街；岳，里名。

99　弈秋：名棋手名字

100　通國：全國。

101　弈：下圍棋。

鵠[102]將至，思援弓繳[103]而射之，雖與之俱學，弗若之矣。為是其知弗若[104]與？曰：「非然也。」

說明

> 孟子以弈秋教二人下棋，一個人專心學習，一個人心有旁騖，來說明學習必須專心致志、認真向學才能有成。

〈離婁下·驕其妻妾〉

齊人有一妻一妾而處室[105]者。其良人[106]出，則必饜[107]酒肉而後反[108]。其妻問所與飲食者，則盡富貴也。其妻告其妾曰：「良人出，則必饜酒肉而後反，問其與飲食者，盡富貴也，而未嘗有顯者[109]來。吾將瞷[110]良人之所之也。」早起，施從良人之所之。遍國中無與立談者。卒之東郭墦[111]間之祭者，乞其餘，不足，又顧而之他，此其為饜足之道也。其妻歸，告其妾曰：「良人者，所仰望而終身也，今若此！」與其妾訕[112]其良人，而相泣於

---

102 鴻鵠：天鵝。

103 弓繳：射箭弓線。

104 弗若：不如。

105 處室：共同生活。

106 良人：丈夫。

107 饜：飽食。

108 反：同返，回來。

109 顯者：有地位有聲望的人。

110 瞷：偷看。

111 墦：墳墓。

112 訕：責罵。

中庭。而良人未之知也，施施[113]從外來，驕[114]其妻妾。

由君子觀之，則人之所以求富貴利達[115]者，其妻妾不羞也，而不相泣者，幾希矣[116]。

說明

故事分兩層，第一層先借齊人在墳墓區乞食，回家卻驕傲的向妻妾說所往來皆為富貴顯達之人，這種虛偽無恥之人，居然不知道賢慧的妻子早已窺知實情。第二層再借由齊人的故事來說明寓意，用來諷刺不擇手段追求利達顯貴之人的行為。

〈滕文公下・攘雞〉

今有人，日攘[117]其鄰之雞者，或告之曰：「是非君子之道。」曰：「請損[118]之，月攘一雞，以待來年，然後已[119]。」

如知其非義[120]，斯速已矣，何待來年？

說明

每天偷雞和每月偷雞皆是偷，偷雞者並非不知這是不義之舉，

---

[113] 施施：意氣洋洋的樣子。

[114] 驕：驕傲，炫耀。

[115] 利達：升官發財。

[116] 幾希：很少。希，通稀。

[117] 攘：偷竊。

[118] 損：減少。

[119] 已：停止。

[120] 知其非義：知道不是正常的行為。

卻未能「即知即行」。寓意用來諷刺明知不義，未能立即改過向善之人。有過必改，不可拖延。

六 宋玉

　　生卒年不詳，戰國楚國鄢人（今湖北宜城），是重要的辭賦家，有〈九辨〉、〈招魂〉、〈高唐賦〉、〈神女賦〉、〈登徒子好色賦〉等。

〈曲高和寡〉

　　客有歌於郢[121]中者，其始曰〈下里〉、〈巴人〉[122]，國中屬而和者數千人。其為〈陽阿〉、〈薤露〉[123]，國中屬而和者數百人。其為〈陽春〉、〈白雪〉[124]，國中屬而和者，不過數十人。引商刻羽[125]，雜以流徵[126]，國中屬而和者，不過數人而已。是其曲彌[127]高，其和彌寡。

（《昭明文選》第四十五卷〈對楚王問〉）

　說明

　　演唱通俗流行歌曲較易被接受，故和者眾多，高雅歌曲不易被接受，和者甚少。是故曲調越高，和者越少，說明世俗的品味低俗而高雅的東西不易通俗化。

---

[121] 郢：春秋時楚國都城。

[122] 下里、巴人：楚國流行的通俗歌曲。

[123] 陽阿、薤露：古代歌曲名，歌曲較下里、巴人高雅。薤露為漢時用來作為挽（輓）歌。

[124] 陽春、白雪：古代高雅樂曲。

[125] 引商刻羽：變換商調、羽調，使歌曲更高雅。引，延長；刻，減少。商、羽為五音之一。

[126] 流徵：變化徵調。

[127] 彌：益，更加。

七、《申子》

申不害（西元前385-337）又稱申子，鄭國人，韓昭侯時，任韓相十五年，是戰國前期法家代表人物，法家有三派：法、術、勢，申不害主張「術」。

《申子》一書相傳為申不害編撰，今僅存輯錄〈大體〉一篇，今據《孔子集語》的《申子》逸文錄之。

〈葉公好龍〉[128]

葉公[129]子高好龍，鉤以寫龍[130]，鑿以寫龍[131]，屋室雕文以寫龍。於是天龍聞而下之，窺頭[132]於牖[133]，施尾於堂[134]。葉公見之，棄而還走，失其魂魄，五色無主[135]。

是葉公非好龍也，好夫似龍而非龍者也。

（《孔子集語》之《申子》逸文）

說明

　　葉公好龍，屋宇、器具皆雕飾龍的圖案，天龍知道人間有此一人獨好龍，特下凡窺視，結果葉公反被真龍嚇著，因為他不知道眼前的龍才是真龍，還以為是怪物。寓意用來嘲諷一些不識本真之人，只追求表象事理，而未能真切認知真理之內蘊。

---

128 葉公好龍：本故事亦輯入《新序‧雜事五》。

129 葉公：春秋楚國大夫，即葉公子高，姓沈，名諸梁，字子高，封於葉，故號葉公。

130 鉤以寫龍：衣服鉤帶上刻畫龍的圖案。寫，刻畫圖案。

131 鑿以寫龍：指酒器上也刻畫龍的圖案。鑿，一作爵，是酒器。

132 窺頭：探頭，伸頭。

133 牖：窗戶。

134 施尾於堂：在廳堂上拖著尾巴。

135 五色無主：神情惶恐，無法控制情緒。

八　《莊子》

　　莊子，名周（西元前369-286），戰國時代宋國蒙人（今河南商丘東北），曾為蒙漆園吏，是戰國時代道家的主要代表人物。

　　《莊子》一書由莊子及其後學編撰而成，是道家重要經典，今存三十三篇，內篇七篇，外篇十五篇，雜篇十一篇，內篇為莊周自著，其餘皆出自莊子弟子追記。莊子：「寓言十九，重言十七，巵言日出，和以天倪」指出全書多以寓言方式表述，內容主要在宣揚順遂自然，棄智絕聖的道家主張，設喻生動，藝術技巧高明，形象鮮明生動，蘊涵深刻哲理，是中國寓言史上的重要著作。

〈養生主‧庖丁解牛〉

　　庖丁[136]為文惠君[137]解牛，手之所觸[138]，肩之所倚，足之所履，膝之所踦[139]，砉然[140]向然，奏刀[141]騞然，莫不中音[142]。合於〈桑林〉[143]之舞，乃中〈經首〉[144]之會。

　　文惠君曰：「譆，善哉！技蓋至此乎？」

　　庖丁釋刀對曰：「臣之所好者，道[145]也；進乎技矣[146]。始

---

[136] 庖丁：廚師。

[137] 文惠君：即梁惠王，是戰國時代魏國國君。

[138] 觸：接觸。

[139] 踦：指用一隻腳的膝蓋頂著。

[140] 砉：以刀裂物之聲音。

[141] 奏刀：操刀，運刀。

[142] 中音：合於音節。

[143] 桑林：商湯時的樂曲名。

[144] 經首：堯時樂〈咸池〉中樂章名。

[145] 道：指事物的道理或規律。

[146] 進乎技矣：超越一般技術。

臣之解牛之時，所見無非牛者，三年之後，未嘗見全牛也。方今之時，臣以神遇[147]而不以目視，官知止而神欲行。依乎天理[148]，批大郤，導大窾[149]，因其固然。技經肯綮[150]之未嘗。而況大軱乎！良庖歲更刀，割也；族庖月更刀，折也。今臣之刀十九矣，所解數千牛矣，而刀刃若新發於硎[151]。彼節者有間，而刀刃者無厚[152]，以無厚入有間，恢恢[153]乎其於游刃[154]必有餘地矣，是以十九年而刀刃若新發於硎，雖然，每至於族，吾見其難為：怵然[155]為戒，視為止[156]，行為遲。動刀甚微，謋然[157]已解，如土委地。提刀而立，為之四顧，為之躊躇滿志[158]，善刀[159]而藏之。」

文惠君曰：「善哉！吾聞庖丁之言，得養生[160]焉。」

---

[147] 以神遇：用精神與牛接觸。

[148] 天理：指自然的規律或法則。

[149] 導窾：順著骨節的空隙處。

[150] 肯綮：筋骨結合處。

[151] 硎：磨刀

[152] 無厚：沒有厚度，指很薄。

[153] 恢恢：寬廣的樣子。

[154] 游刃：自由地運轉刀刃。

[155] 怵然：警惕戒懼的樣子。

[156] 視為止：目光專注於一處。

[157] 謋然：骨肉迅速分離的樣子。

[158] 躊躇滿志：心滿意足，從容自得。

[159] 善刀：擦拭刀子。

[160] 養生：指養生的道理。

説明

　　庖丁在解牛時「目無全牛」，才能導窾入微，游刃有餘。揭示我們，凡事必在紛雜之萬事萬理中尋出一個規律來，才能運用自如。透過庖丁解牛的故事，宣示道家「順其自然」及「無為而治」之思想。並由此觸發梁惠王養生之道理，必須順逐自然，不可批逆。

〈人間世・櫟樹蔽牛〉

　　匠石之齊[161]，至於曲轅[162]，見櫟[163]社[164]樹。其大蔽數千牛，絜[165]之百圍[166]；其高臨山十仞而後有枝，其可以為舟者旁十數。觀者如市，匠伯不顧[167]，遂行不輟。

　　弟子厭觀[168]之，走及[169]匠石，曰：「自吾執斧斤以隨夫子，未嘗見材如此其美也，先生不肯視，行不輟，何邪？」曰：「已矣，勿言之矣！散木[170]也。以為舟則沉，以為棺槨則速腐，以為器則速毀，以為門戶則液

---

[161] 匠石之齊：名叫石的匠工到齊國。

[162] 曲轅：地名。

[163] 櫟：樹名。

[164] 社樹：土神廟旁的樹。

[165] 絜：計量圓柱形物體的粗細。

[166] 圍：雙手合抱為一圍。

[167] 不顧：不看。

[168] 厭觀：厭，飽。指飽覽。

[169] 走及：跑步趕上。

[170] 散木：疏散的樹木。

櫨，以為柱則蠹[171]。是不材之木[172]也，無可用，故能若是
之壽[173]。」

説明

櫨樹是不堪製成器具使用的朽木，不被砍伐而能長成大樹庇蔭
牛群。因「不材」而能保其長壽。「材與不材」、「用與不用」端
看我們用何種角度觀看。

〈應帝王・鑿破渾沌〉

南海之帝為儵[174]，北海之帝為忽[175]，中央之帝為渾沌[176]。
儵與忽時[177]相與遇於渾沌之地，渾沌待之甚善。儵與忽
謀報渾沌之德，曰：「人皆有七竅[178]以視聽食息，此獨
無有，嘗試鑿之。」日鑿一竅，七日而渾沌死。

説明

儵、忽為感謝渾沌之恩，乃鑿破渾沌七竅，欲其享有視、聽、
言、聞之美感，殊不知鑿破七竅，渾沌乃死。說明渾沌本是自然之
物，以非自然方式破壞，必造成毀滅。這個故事喻示我們，凡事純
任本真與自然，不以人力創造與破壞，必能常保原初自然之美。

---

[171] 蠹：本指蛀蟲，此當動詞用，指被蠹蟲蛀蝕。

[172] 不材之木：不能製作成材之樹木。

[173] 壽：指長壽，樹齡長。

[174] 儵：倏之異體字，南海帝名，象徵有象。

[175] 忽：北海帝名，象徵無形。

[176] 渾沌：中帝之名，沒有孔竅，用以象徵渾然天成的自然。

[177] 時：常常。

[178] 七竅：指兩眼、兩耳、口、兩鼻孔。

〈天運・東施效顰〉

西施[179]病心而顰[180]其里，其里之醜人見之而美之，歸亦捧心而顰其里。其里之富人見之，堅閉門而不出；貧人見之，挈[181]妻子而去走[182]。

彼知顰美而不知顰之所以美。

説明

不知道西施之美非顰之美，而是天生麗質。東施效顰卻不知道自己並無西施之美，盲目學習別人，必招致反效果。

〈秋水・望洋興歎〉

秋水時至[183]，百川灌河。涇流[184]之大，兩涘[185]渚崖之間，不辨牛馬。於是焉河伯[186]欣然自喜，以天下之美為盡在己。順流而東行，至於北海；東面[187]而視，不見水端。於是焉河伯始旋[188]其面目，望洋向若而歎曰：「野語[189]有

---

[179] 西施：春秋越苧蘿美女。越人敗於會稽，命范蠡求得美女西施進於吳王夫差，吳王許和，後越王句踐臥薪嘗膽，復國滅吳。

[180] 顰：皺眉頭。

[181] 挈：偕著，攜著。

[182] 去走：跑走。

[183] 時至：按時到來。

[184] 涇流：直流無阻的水。

[185] 涘：岸邊。

[186] 河伯：河神，亦稱冰夷、馮夷。

[187] 東面：面向東邊。

[188] 旋：掉轉。

[189] 野語：俗語、鄙語。

之曰：『聞道百[190]，以為莫己若』者，我之謂也。且夫
我嘗聞少仲尼之聞，而輕伯夷之義[191]者，始吾弗信，今
我睹子之難窮也，吾非至於子之門，則殆矣，吾長見笑
於大方之家[192]！」

說明

河伯自以為百川灌河，河水滔滔，沒有可以比得上的，及至看
到北海，洋面恣肆，才警覺自己渺小得微不足道。喻示因環境限囿
造成見識淺薄、孤陋寡聞者，惟有突破局限，才能開展視野，看到
海闊天空的一面。

〈秋水・坎井之蛙〉

子獨不聞垍井[193]之蛙乎？謂東海之鱉曰：「吾樂與！出
跳梁[194]乎井幹[195]之上，入休乎缺甃[196]之崖；赴水則接腋持
頤[197]，蹶泥[198]則沒足滅跗[199]；還虷、蟹與科斗，莫吾能若
也。且夫擅一壑之水[200]，而跨跱垍井之樂，此亦至矣，

---

190 聞道百，以為莫己若：聽到很多道理，以為自己知道很多，覺得沒有可以比得上自己。

191 伯夷義：殷代孤竹君之子，周武王滅殷，伯夷與弟叔齊不食周粟，餓死首陽山。

192 大方之家：指有道德修養的人。

193 垍井：垍，即坎，垍井謂淺井。

194 跳梁：跳竄。

195 井幹：井邊的欄杆。

196 甃：井壁。

197 接腋持頤：指水淹到腋下又接著淹到下巴。

198 蹶泥：踩在泥地中。

199 沒足滅跗：指淹沒腳背。

200 擅一壑之水：擁有一井之水。

夫子奚不時來入觀乎！

東海之鱉左足未入，而右膝已縶[201]矣。於是逡巡而卻[202]。告之海曰：「夫千里之遠，不足以舉其大；千仞之高，不足以極其深。禹之時十年九潦，而水弗為加益[203]；湯之時八年七旱，而崖不為加損[204]。夫不為頃久推移[205]，不以多少進退者，此亦東海之大樂也。」

於是埳井之蛙聞之，適適然驚[206]，規規然自失[207]也。

說明

　　井底之蛙每日在井水中跳來跳去，自以為是最大的快樂了，卻告訴東海的大鱉說何不進來我的井水試試這種快樂呢？結果東海大鱉左腳未進，右腳即被絆住了，然後告訴井蛙，大海廣大無涯，不因時間的久短而稍加減益，也不因水災旱災而有減損增加，這時井蛙才知道天下之間還有如此大的海水。寓意告訴我們，受限於生活環境的井蛙不知有大海，用以喻示見識淺短而欣然自樂的人。

〈秋水·邯鄲學步〉

且獨不聞夫壽陵餘子[208]之學行於邯鄲[209]與？未得國能[210]，

---

[201] 右膝已縶：右膝被困縛住。

[202] 逡巡而卻：遲疑退步。

[203] 水弗為加益：海水不因此而加多。

[204] 崖不為加損：崖岸不因此而減損。

[205] 頃久推移：因為時間長短而改變。

[206] 適適然驚：驚懼的樣子。

[207] 規規然失：局促不安，若有所失的樣子。

[208] 壽陵餘子：壽陵是戰國時代燕國的地名，餘子是指未成年的少年人。

[209] 邯鄲：指趙國國都，今在河北邯鄲市。

[210] 國能：指趙國人走路的方式。

又失其故行²¹¹矣，直匍匐而歸²¹²耳。

說明

　　燕國壽陵少年本來要去趙國學習步行之法，結果反而忘了自己燕國步行，只得爬行而歸。用來諷刺刻意去追求或模倣別人者，終究學不到別人長處，反而喪失自己原來的本事。

〈達生・紀渻子養鬥雞〉

　　紀渻子²¹³為王養鬥雞。十日而問：「雞已乎？」

　　曰：「未也。方虛憍²¹⁴而恃氣²¹⁵。」

　　十日又問，曰：「未也，猶應向景²¹⁶。」

　　十日又問，曰：「未也，猶疾視而有盛氣²¹⁷。」

　　十日又問，曰：「幾矣²¹⁸。雞雖有鳴者，已無變²¹⁹矣，望之似木雞²²⁰矣，其德全²²¹矣，異雞無敢應者，反走²²²矣。

---

²¹¹ 失其故行：忘了原來燕國人走路的步法。

²¹² 直匍匐而歸：只好爬行回燕國。

²¹³ 紀渻子：人名。

²¹⁴ 虛憍：憍同驕，指鬥雞沒有本事，卻很驕傲。

²¹⁵ 恃氣：指鬥雞的意氣非常盛。

²¹⁶ 猶應向景：指鬥雞一見影子，便有反應。

²¹⁷ 疾視而有盛氣：指鬥雞迅速顧視對方，而且意氣非常的強盛。

²¹⁸ 幾矣：差不多了。

²¹⁹ 無變：指不再有恃氣、疾視的反應了。

²²⁰ 望之似木雞：指鬥雞不再隨影驚動，疾視對方，像一隻木雞。

²²¹ 德全：指鬥雞具備應的德性，不驕敵，不輕敵。

²²² 反走：返身逃跑。

說明

　　紀渻子養鬥雞是要卻除牠的虛驕盛氣，培養氣度安閒自若的神態，這樣以氣取勝，其他的鬥雞一見便不敢應戰了。喻示我們養鬥雞的方式其實與培養德性一樣，是要去除驕傲之氣，才能安閒自如，達到全人的境界，恃氣而驕終非全德之人。

〈則陽・蝸角之戰〉

（惠子見）戴晉人曰：「有所謂蝸者，君知之乎？」

曰：「然。」

「有國於蝸之左角者曰觸氏，有國於蝸之右角者曰蠻氏。時相與爭地而戰，伏尸數萬[223]，逐北[224]旬有五日而後反[225]。」

君曰：「噫，其虛言[226]與？」

曰：「臣請為君實之[227]。君以意在上下四方有窮乎？」

君曰：「無窮。」

曰：「知遊心[228]於無窮，而反在通達之國[229]，若存若亡[230]乎？」

君曰：「然。」

[223] 伏屍數萬：比喻戰爭傷亡慘烈。
[224] 逐北：追逐敗兵。
[225] 反：返回。
[226] 虛言：不真實的話。
[227] 為君實之：為國君證實這件事。
[228] 遊心：指精神或思想邀遊。
[229] 通達之國：指人跡可至之國，也就是四海可達之地。
[230] 若存若亡：指似有似無的樣子。

曰：「通達之中有魏，於魏中有梁[231]，於梁中有王。王
與蠻氏，有辯乎？」
君曰：「無辯[232]。」
客出而君惝然若有亡[233]也。

說明

　　戴晉人以蝸角左右之觸氏與蠻氏相爭，來比喻戰國時期各國爭
戰慘烈。喻示我們，蝸角之渺小，猶且爭戰不已，那麼從宇宙無窮
無盡的角度來看，則人世之中，一切的爭戰、紛擾、是非、恩怨、
爭奪不也是如此的渺小嗎？以蝸角觸蠻氏之爭來譬喻人類相爭，其
實是用來說明人類爭奪是微不足道的。

〈列禦寇・屠龍之術〉

朱評[234]漫學屠龍於支離益[235]，單千金之家[236]，三年技成，
而無所用其巧。

說明

　　朱評為了學屠龍之術，不惜散盡家產向支離益學習，經過三年
努力的學習，終於學會屠龍術了，卻發現無處施用這項絕世的技
藝。寓意在喻示我們，學習任何技能必須注意到現實層面的需求，

---

[231] 梁：指魏國首都大梁，今屬河南省開封市。

[232] 有辨乎：有區別嗎？

[233] 惝然若有亡：喪氣、失意若有所失的樣子。

[234] 朱評：故事中虛擬的人物。

[235] 支離益：亦是故中虛擬人物，善屠龍。

[236] 單千金之家：單，同殫，即竭盡。意謂散盡千金家產。

否則再難得、再精巧的技能，若無法施展也徒勞無功。若再擴大層面來看，任何的學問或是偉大的技能，必須要有施用之處，才能發揮效能，若努力學習無用之奇巧技能或學問而無益於人世，則學習將成虛學而徒勞。

〈外物・遠水救鮒〉

莊周家貧，故往貸粟[237]於監河侯。

監河侯曰：「諾[238]，我將得邑金[239]，將貸[240]子三百金，可乎？」

莊周忿然作色曰：「周昨來，有中道而呼者。周顧視，車轍中有鮒魚[241]焉，周問之曰：『鮒魚來！子何為者邪？』

對曰：『我，東海之波臣[242]也。君豈有斗升之水而活我哉？』

周曰：『諾。我且南遊吳越之王，激西江之水而迎子，可乎？』

鮒魚忿然作色曰：「吾失我常與，我無所處[243]。吾得

---

237 貸粟：借糧食。

238 諾：表示答應。

239 邑金：指徵收的錢財。

240 貸：借給。

241 轍中有鮒魚：指地上車輪軌跡中有一條鯽魚。

242 波臣：指海龍王的臣民，泛指水族。

243 無所處：指沒有地方居住。

斗升之水然活耳，君乃言此，曾不如早索我於枯魚之
肆[244]！」

說明

　　貧窮的莊周向監河侯借糧食，監河侯雖然爽快答應了，卻要等
到收了稅收才能借他三百金。莊周一聽非常憤怒，馬上以涸轍鮒魚
為喻，說鮒魚只要斗升之水便能活，卻要等到汲引西江之水，才能
給水，就好像只要一點米糧便人救人於飢餓，卻要等到收了稅租才
能供給。魚無水立死，人無糧立亡，沒有誠意救人，空說白話，不
切實際，正是用來諷刺一些做事緩其所急的人，或是不切實際，漫
無邊際的人。

〈漁父・畏影惡跡〉

人有畏影惡跡[245]而去[246]之走者，舉足愈數而跡愈多，走愈
疾而影不離身，自以為尚遲，疾走不休，絕力而死。不
知處陰以休影[247]，處靜以息跡[248]，愚亦甚矣！

說明

　　害怕看到自己的影子和足跡，為了擺脫它們，所以不斷地奔走
想要脫離，但是越跑足跡越多，越走影子越多。這個寓言告訴我們
不要盲目行事，必須保持清明之心來觀察因何會有影子及足跡的產

---

244 肆：市場或店鋪。

245 畏影惡跡：害怕看到自己的影子及足跡。

246 去：擺脫，離開。

247 處陰以休影：到陰暗的地方就不會產生影子了。

248 處靜以息跡：靜止不動，就不會產生足跡了。

生，若不能尋根究源，從根本處解決問題，反而治絲益紛，徒勞無功，越逃越多。用來寓示我們，凡事需追究原理，從根本處解決問題，而非一味的逃避。

〈徐無鬼·匠石運斤〉

郢人堊[249]慢其鼻端若蠅翼，使匠石斵[250]之，匠石運斤成風[251]，聽而斵之，盡堊而鼻不傷，郢人立不失容[252]。宋元君聞之，召匠石曰：「嘗試為寡人為之。」匠石曰：「臣則嘗能斵之。雖然，臣之質[253]死久矣。」

說明

　　匠石神乎其技能夠將鼻頭上的石灰用斧頭劈下來，固然是技術高超，但若非郢人不畏不懼，焉能立而不動容呢？表示他深深相信匠石的技術而不憂懼，而匠石也因為能有這樣的對手，而能大展身手。宋元君也要如法炮製，卻不知道匠石與郢人之默契及互相信賴的程度，非外人能知，所以匠石才會慨然地說，對手死之久矣。這個故事原是惠施死後，莊子偕生徒往祭時，對生徒所說的話，他的意思是借匠石與郢人的關係來譬況莊子與惠施的關係，兩個最佳拍檔，因為惠施死而令莊子興發對手已死的慨歎。相反相對的「莊子無為」及「惠施名家」之論辯將因為惠施之死而無對手可以再作精

---

[249] 堊：石灰。

[250] 斵：砍。

[251] 運斤成風：揮動斧頭，響若風聲。

[252] 立不失容：站著不會被劈頭而來的斧頭所驚嚇。

[253] 質：指對手。

采的論辯了。有時相反相對的學說，才能互相成就對方，不然，何能呈現依違逆反的精采學說呢？

九　《荀子》

　　荀子（西元前313-238）名況，又稱荀卿，漢時避諱改稱孫卿。戰國時趙人，是戰國時代儒家的代表人物，學問淵博，旁涉哲學、政治、經濟、軍事、法學、教育、音樂等，主張性惡說，以禮法規範。政治理想推崇孔子「法後王」之說，提出「重法愛民」的政治主張，教育理念重後天教育與學習。

　　《荀子》一書著錄三十三篇，今存三十二篇，泰半爲荀子所著，少部分出自門人弟子之手。內容說理縝密，內含十餘個寓言故事，生動明潔，深蘊哲理。

〈勸學・蒙鳩爲巢〉

　　南方有鳥焉，名曰蒙鳩[254]，以羽為巢，而編之以髮，繫[255]之葦苕[256]。風至苕折，卵破子死。巢非不完[257]也，所繫者然也！

說明

　　蒙鳩善製精巧的鳥巢，但是牠卻將鳥巢築在蘆葦的花穗上，大風吹來，鳥巢立即傾覆，不是鳥巢不夠堅固，而是錯置地方。荀子借這個寓言要告訴我們，為學的道理也一樣，必須建構在牢固的基

---

[254] 蒙鳩：即鷦鷯，擅築鳥巢。
[255] 繫：綁，指築巢。
[256] 葦苕：蘆葦的花穗。
[257] 不完：不夠完美，堅固。

礎上，否則根基不穩，必致前功盡棄。再擴大來說，我們做任何事，需先確定基礎之學，或是依託在堅固的磐石上，才能穩紮穩打。

〈富國・處女遇盜〉

處女[258]嬰[259]寶珠，佩寶玉，負戴黃金，而遇中山之盜也。雖為之逢蒙視[260]，詘要[261]橈膕[262]，若盧屋妾[263]，由[264]將不足以免也。

說明

　　身上佩帶許多珠寶的少女，遇到強盜，縱使屈膝卑躬如家中奴婢，猶且不免被殺。寓意告訴我們，遇到凶猛的強盜，刻意迎合仍無法避禍消災，不如奮起抵抗，猶能有一線生機。

十、《尹文子》

　　尹文（約西元前350-285），為戰國中期齊國的名家代表人物，齊宣王時在齊國稷下講學，時人稱作稷下先生，學說以發揚「正名」之名家思想為主，風格博洽雄辯。

　　《尹文子》，學說雜揉儒、墨、道、法家，主張：「以名稽虛

---

258 處女：未婚少女。

259 嬰：圍繞。

260 逢蒙視：逢蒙，夏朝善射之人。意謂強盜露出捕獲獵物貪婪的眼光。

261 詘要：詘，彎屈。要，同腰。意謂屈腰，彎腰。

262 橈膕：橈，通撓，即曲。膕，即膝蓋。意謂曲膝。

263 盧屋妾：屋中役使的奴婢、侍妾。

264 由：猶。

實，以法定治亂」，旨在重名實與法治，善作「合同異」、「離堅白」議論。今《漢書‧藝文志》僅著錄一篇，書至漢末脫誤甚多，後人補纂之後，分為上篇、下篇，由於文簡理富，言約意豐，所以寓言亦雋永有味。

〈大道上‧宣王好射〉

宣王好射，悅人之謂己能用強也[265]，其實所用不過三石[266]。以示左右，左右皆試引之，中關而止[267]，皆曰：「不下九石，非大王孰能用是？」宣王悅之。然則宣王用不過三石，而終身自以為九石。三石，實也；九石，名也。宣王悅其名而喪其實[268]。

說明

　　齊宣王好大喜功，喜歡別人稱讚自己是神射手，雖僅有三石之力，左右侍臣為迎合君王的虛榮心，謊稱有九石之神力，齊宣王不自知，還自以為果真有九石之強力，終其一生，還不知道自己僅有三石之力而已。喻示我們：好虛名，好虛榮，又喜歡別人奉承者，終致無法了解自己的實力，一輩子生活在別人編織的假象當中。

---

[265] 悅人之謂己能用強也：喜歡別人稱讚自己力氣強大。

[266] 所用不過三石：拉弓力氣只有三石。石，古代重量單位，一石為一百二十斤。

[267] 中關而止：指宣王力氣只能拉到弓的一半。關，通「彎」，把弓拉到滿。

[268] 悅其名而喪其實：指宣王好虛名而不辨真實，名不副實，卻沾沾自喜。

〈大道上・田父得玉〉

魏田父[269]有耕於野者，得寶玉徑尺[270]，弗知其玉也，以告鄰人。鄰人陰欲圖之，詐之曰：「此怪石也。畜之弗利其家[271]，弗如復之。」

田父雖疑，猶錄以歸，置於廡下。其夜玉明，光照一室。田父稱家大怖，復以告鄰人。鄰人曰：「此怪之徵，遄棄[272]，殃可銷。」於是遽而棄於遠野。

鄰人無何盜之，以獻魏王。魏王召玉工相之。玉工望之，再拜卻立，曰：「敢賀大王得此天下之寶，臣未嘗見。」

王問其價。玉工曰：「此玉無價當之。五城之都，僅可一觀。」魏王立賜獻玉者千金，長食上大夫祿[273]。」

說明

　　田父不識寶物，終被人騙，告誡我們，過度熱心提供建議者，往往是居心叵測之人，且諷刺以不光明卑劣手段取得祿位之人。

〈黃公好謙〉

齊有黃公者，好謙卑。有二女，皆國色[274]。以其美也，

---

[269] 田父：指耕田野老。

[270] 徑尺：指寶玉的直徑有一尺之長。

[271] 畜之弗利其家：收藏寶玉會罹災禍。

[272] 遄棄：迅速棄置。

[273] 長食上大夫祿：指永久享有上大夫俸祿。

[274] 國色：指姿色美麗。

常謙辭毀[275]之，以為醜惡。醜惡之名遠布，年過而一
國無聘者。衛有鰥夫，失時[276]，冒娶[277]之，果國色。然
後曰：「黃公好謙，故毀其子，妹必美。」於是爭禮
之，亦國色也。國色，實也；醜惡，名也。此違名而得
實[278]。

說明

　　謙虛是美德，但是過度謙卑就是虛偽了。寓意揭示名實不一定
相符，我們常會被外表假象所矇騙，事實上，未目睹耳聞，豈能知
其名與實之關係呢？

〈大道上・山雉鳳凰〉

楚人擔山雉者，路人問何鳥也？擔雉者欺之曰：「鳳
凰也。」路人曰：「我聞有鳳凰，今直見之。汝販之
乎？」曰：「然。」則十金，弗與，請加倍，乃與之。
將獻楚王，經宿而鳥死。路人不遑惜金，惟恨不得以獻
楚王。國人傳之，咸以為真鳳凰，貴，欲以獻之。遂
聞楚王，王感其欲獻於己，召而厚賜，過於買鳥之金十
倍。

---

275 毀：貶損。

276 失時：指錯過適婚年齡。

277 冒娶：冒險娶黃公之女兒。

278 違名得實：指名實不副，謙稱其醜，實為美貌。

　　寓意在揭示我們，不要道聽塗說，不要以訛傳訛，凡事要徹求原委。

土、《於陵子》

　　陳仲子，名子終，戰國齊人，因在齊爲卿相之兄長不義，乃不肯依附，遂隱居於陵（山東長山縣南），世稱於陵子。

　　《於陵子》一書，相傳爲陳仲子所撰，凡一卷，原書已佚，或疑爲後人偽作。

〈人問・中州之蝸〉

　　昔者泰山與江漢爭王，兩京不下。泰山矢曰：「弗讓，吾飄塵以實彼溝澮[279]，且不爲齊主！」江漢亦矢曰：「弗汜，吾餘瀝以蕩彼培塿[280]，且不爲楚雄！」於是中州之蝸，將起而責其是非，欲東之泰山，會程[281]三千餘歲；欲南之江漢，亦會程三千餘歲。因自量其齒[282]，則不過旦暮之間。於是悲憤莫勝，而枯於蓬蒿之上，爲螻蟻所笑。

說明

　　本寓言以中州之蝸牛自不量力爲喻，但是也透過這個寓言讓我

---

[279] 吾飄塵以實彼溝澮：指泰山發誓要以塵土填平江漢之水。

[280] 吾餘瀝以蕩彼培塿：指江漢發誓要沖垮泰山。

[281] 會程：計算里程。

[282] 自量其齒：計算自己的年齡。

們知道泰山與江漢之爭乃無謂之爭，一在山東，是山；一在江南，是河，互不相涉，互不干擾，何以互不服氣，而要爭天下之第一？而中州之蝸知道二人之爭非常不智，欲前往數落二者，算算自己的歲月，東到泰山要三千多年，南到江漢也要三千多歲，遂悲憤莫名，

　　這個寓言喻示我們，凡事要有自知之明，要自量其力而為之，不要像中州之蝸，朝生暮死卻妄想有所作為。最後枯死於蓬蒿之間，終被螻蟻嘲笑。

十三、《韓非子》

　　韓非（西元前280-233），戰國末期思想家，出身貴族世家，為韓國公子。曾諫韓王變法圖強之法，惜未見用，著〈孤憤〉、〈五蠹〉、〈說難〉等，為秦王賞識，出使秦國，後遭李斯讒害。其學說思想，集商鞅、申不害、慎到三派法、術、勢之長，是法家集大成，以建立君主集權的法治政治為主。

　　《韓非子》，今存五十五篇，為後人編定。內容多以歷史寓言來闡述法家治術，凡三百多則，寓言設喻精闢，議論刻峭。

〈內儲說上・濫竽充數〉

　　齊宣王[283]使人吹竽[284]，必三百人。南郭處士[285]請為王吹竽，宣王說[286]之，廩食[287]以數百人。宣王死，湣王立，好一一聽之，處士逃。

---

[283] 齊宣王：戰國時期齊王，姓田，名辟疆。
[284] 竽：古代以竹製之笙類樂器。
[285] 處士：隱居未仕之人。
[286] 說：通「悅」，喜歡。
[287] 廩食：由官方供糧。

說明

　　南郭處士雖不懂樂器，卻能抓住齊宣王愛好大樂隊合奏的個性，混蒙在三百樂師當中充數，不被發現，及到湣王喜歡聽獨奏，知道自己必會形跡敗露，事先逃走。這個寓言告訴我們，不學無術的人可以騙得了一時，卻不能騙得了永遠，終必有被揭露之時。沒有真才實學之人，往往混水摸魚。

〈外儲說左上‧買櫝還珠〉

　　楚人有賣其珠於鄭者，為木蘭之櫃[288]，薰以桂椒[289]，綴以珠玉，飾以玫瑰，輯以羽翠[290]。鄭人買其櫝而還其珠。此可謂善賣櫝矣，未可謂善鬻珠[291]也。

說明

　　楚人在鄭地賣珠，為了吸引顧客，將珍珠的盒子裝飾得美輪美奐，結果顧客只對瑰美的香盒有興趣，買盒而不買珍珠。寓意在揭示我們，楚人賣珠以華彩香盒為飾，有捨本逐末或本末倒置之嫌；而鄭人則只重視華美的盒子而忽視了珍珠，有重外表而忽視實質之嫌。無論是楚人或鄭人，皆有值得我們借鏡之處。

---

[288] 為木蘭之櫃：用木蘭做的珠寶盒。

[289] 薰以桂椒：用桂椒等香料薰香。

[290] 輯以翡翠：用綠色翡翠寶石編在珠寶盒上。

[291] 鬻珠：賣珍珠。

〈外儲說左上・畫鬼最易〉

客有齊王畫者，齊王問曰：「畫孰最難者？」曰：「犬馬難。」「孰易者？」曰：「鬼魅最易。」夫犬馬，人所知也，旦暮罄於前[292]，不可類之[293]，故難。鬼魅，無形者，不罄於前，故易之也。」

> **說明**
>
> 　　犬馬難畫是因為有形有狀，若是畫得不像，一見即知，因為犬馬是我們常見的動物。而鬼魅易畫是因為無人見過，可以任憑想像臆測而畫出來，且無形無狀沒有人見過，所以可以隨興發揮。由是可知，憑主觀想像是容易獲得的，而有客觀標準者，反需要符合其形式。有形之物因為要肖其形，故難畫；無形之物，因可憑臆想而畫，故易畫。

〈五蠹・守株待兔〉

宋人有耕田者，田中有株[294]，兔走，觸株折頸而死。因釋其耒而守株[295]，冀復得兔。兔不可復得，而身為宋國笑。今欲以先王之政[296]，治當世之民，皆守株之類也。

---

[292] 旦暮罄於前：早晚出現在面前。

[293] 不可類之：繪畫不可能與實體相似。

[294] 田中有株：田中有棵樹。

[295] 釋耒守株：放下耕種之事，守著樹根，期待能捉到兔子。耒，翻土的農具。

[296] 先王之政：指堯、舜、禹、湯治理國家的制度。

說明

　　偶然得到的好處，卻以為永遠可以如此幸運，所以不再努力耕種，希望每天守在樹旁，可以再獲得誤觸樹的兔子，這種好逸惡勞，只想不勞而獲的心態是可議的。但是韓非所要諷刺的對象並非這個坐享其成的宋人，而是藉由宋人來諷刺只想運用舊的政治制度來治理國家，而不知時移事變，必須有所更變的守舊者。職是，「守株待兔」的宋人僅是用來說明事理的「寓體」，而其「本體」是批評儒家「欲以先王之政，治當世之民」，同樣是愚者行為。

　　其後運用「守株待兔」這個成語時，往往脫離治道，而有使用者的語境存乎其中。一個寓言，不僅是一時一地一人可用之，其最大的效能當能跨越世代，成為大家因時因地因人而制宜的寓言，則其價值自然可永世不朽，成為大家可用、能用的好寓言。

〈難一‧自相矛盾〉

　　楚人有鬻[297]盾與矛者，譽[298]之曰：吾盾之堅，物莫能陷[299]也。」又譽其矛曰：「吾矛之利，於物無不陷也。」或曰：「以子之矛陷子之盾，何如」，其人弗能應[300]也。夫不可陷之盾與無不陷之矛，不可同世而立[301]。

說明

　　至堅之盾與至利之矛不可同時存在，用來諷喻言行互相牴牾、矛盾之人。

---

[297] 鬻：販賣。

[298] 譽：稱讚、誇美。

[299] 陷：攻陷。

[300] 弗能應：不能回答所問。

[301] 同世而立：同時存在。

〈外儲說左上・鄭人買履〉

鄭人有欲買履[302]者，先自度其足[303]，而置之其坐[304]。至之市[305]，而忘操[306]之；已得履，乃曰：「吾忘持度[307]，反[308]歸取之。」及反，市罷，遂不得履。人曰：「何不試之以足？」曰：「甯[309]信度，無[310]自信也。」

說明

喻示本末倒置，不肯相信自己之人。

〈說林上・徙越賣履〉

魯人身善織屨[311]，妻善織縞[312]，而欲徙於越[313]。或謂之曰：「子必窮矣[314]。」魯人曰：「何也？」曰：「屨

---

[302] 履：鞋子。

[303] 自度其足：自己量好腳的尺寸。

[304] 置之其坐：把量好的尺寸放在座位上。

[305] 市：市街。

[306] 操：拿取。

[307] 度：拿量好的尺寸。

[308] 反歸取之：回家拿量好的尺寸。反，通「返」。

[309] 甯信度：寧願相信量好的尺寸。甯，通「寧」，寧願。

[310] 無自信：不相信自己的腳。無，通「毋」，不要。

[311] 善織屨：善長編製麻鞋。屨，用粗麻或葛布製成的鞋子。

[312] 善織縞：善長編製絹帽。縞，白色生絹，用來製帽。

[313] 徙於越：遷居南方的越國。越，春秋古國名，在今江浙一帶。

[314] 窮：窮困。

為履之也[315]，而越人跣行[316]；縞為冠之也，而越人翦髮[317]。以子之所長，遊於不用之國，欲使無窮，其可得乎[318]？」

面對赤足斷髮的越人，要賣鞋子與帽子，怎能不遭遇困境呢？意謂行事之前，必須先有周全計畫，才能圓滿成事。

〈外儲說左上・郢書燕說〉

郢[319]人有遺[320]燕相國書者，夜書[321]，火不明，因謂持燭者曰：「舉燭」云，而過書[322]「舉燭」。「舉燭」，非書意也，燕相受書而說[323]之，曰：「舉燭者，尚明[324]也，尚明也者，舉賢而任之。」燕相白[325]王，王大悅，國以治。治則治矣，非書意也[326]今世學者，多似此類。

---

315 屨為履之也：麻鞋是鞋子的一種，穿在腳上的。

316 跣行：赤腳走路。

317 翦髮：斷髮。翦，同「剪」。

318 其可得乎：怎麼能賺錢獲利呢？

319 郢：春秋時期楚國之國都，在今之湖北江陵西北。

320 遺：贈送。

321 夜書：晚上寫書信。

322 過書：誤將「舉燭」二字寫入。

323 說：同「悅」，高興。

324 尚明：崇尚光明。

325 白：告訴。

326 非書意也：不是書信原來的意義。

說明

指以訛傳訛，非本來真實的意義。

〈外儲說左上・齊桓公好服紫〉

齊桓公[327]好服紫，一國盡服紫[328]。當是時也，五素不得一紫[329]，桓公患[330]之，謂管仲曰：「寡人好服紫，紫貴甚，一國百姓好服紫不已，寡人奈何？」管仲曰：「君欲止之，何不試勿衣紫[331]也！」公曰：「諾。」謂左右曰：「吾甚惡紫之臭[332]。」於是左右適有[333]衣紫而進[334]者，公必曰：「少卻[335]，吾惡紫臭。」於是日，郎中莫衣紫，其明日，國中莫衣紫，三日，境內莫衣紫也。

一曰：齊桓公好衣紫，齊人皆好也。齊國五素不得一紫，齊王患紫貴。傅說王曰：「《詩》云：『不躬不親，庶民不信。[336]』今王欲民無衣紫者，王請自解紫衣而朝。」群臣有紫衣進者，曰：「盍遠[337]，寡人惡紫

---

[327] 齊桓公：春秋齊國君王姜小白，為春秋五霸之一。

[328] 盡服紫：全部都穿紫色衣服。服，穿。

[329] 五素不得一紫：五匹素帛不能換一匹紫帛。

[330] 患：憂愁。

[331] 衣紫：穿紫色衣服。衣，穿。

[332] 臭：氣味。

[333] 適有：剛好有。

[334] 衣紫而進：穿紫衣進見齊桓公。

[335] 少卻：稍微後退。少，通「稍」。卻，退後。

[336] 不躬不親，庶民不信：事情如果不親自做，百姓不會信從。此二句出自《詩經・小雅》。

[337] 盍：為何，何不。

臭。」是日也，郎中莫衣紫；是月也，國中莫衣紫；是歲也，境內莫衣紫。

說明

君之所好，臣民投其所好，形成一股風氣，故風行草偃，上行下效，宜乎在上位者有好的榜樣，才能樹立好的典範。

〈說林上・遠水不救近火〉

魯穆公[338]使眾公子或宦於晉[339]，或宦於荊[340]。犂鉏[341]曰：「假人於越[342]而救溺子，越人雖善游[343]，子必不生[344]矣。失火而取水於海，海水雖多，火必不滅矣，遠水不救近火也。今晉與荊雖強，而齊近，魯患[345]其不救乎？」

說明

齊國魯國二國鄰近，如果齊國攻打魯國，魯國向遠方的晉、楚二國求救，一定無以為濟，寓意揭示：捨近求遠，緩不濟急。

---

[338] 魯穆公：魯國國君，名顯，在位三十三年。

[339] 宦於晉：在晉朝作官。

[340] 宦於荊：在楚國作官。

[341] 犂鉏：春秋時齊國人，和孔子同時，曾到過魯國做過大夫。

[342] 假人於越：向越國求救。越：春秋越國，在今江浙一帶。

[343] 善游：擅長游泳。

[344] 子必不生：你一定不會生還。

[345] 魯患：魯國外患。

十三　《列子》

　　《列子》，未知作者是誰，相傳是先秦時期列禦寇所撰，目前記載最早重編該書者是西漢劉向之《列子書錄》，凡八章，今通行本之《列子》一書，內容尚保留先秦列子思想及楊朱學說，並雜揉兩晉佛教思想，應是後人重新編輯整理時，摻雜佛學入書。

〈天瑞‧杞人憂天〉

　　杞國[346]有人憂天地崩墜，身亡[347]所寄，廢寢食者；又有憂彼之所憂者[348]，因往曉[349]之，曰：「天積氣耳，亡處亡氣。若屈伸[350]呼吸，終日在天中行止[351]，奈何憂崩墜乎？」其人曰：「天果積氣，日月星宿，不當墜耶？」曉之者曰：「日月星宿，亦積氣中之有光耀者；只使墜[352]，亦不能有所中傷[353]。」其人曰：「奈地壞何？」曉者曰：「地積塊耳，充塞四虛[354]，亡處亡塊。若躇步跐蹈[355]，終日在地上行止，奈何憂其壞？」其人舍然[356]大喜，曉之者亦舍然大喜。

---

[346] 杞國：春秋時周朝所封諸侯國。

[347] 亡：沒有，通「無」。以下「亡」字音義皆同。

[348] 憂彼之所憂者：有一位憂慮那個憂慮天地崩墜的人。

[349] 曉：曉諭、開導。

[350] 屈伸：指身體屈曲伸展、活動。

[351] 行止：活動和休息。

[352] 只使墜：即使天空墜落。

[353] 中傷：傷人。

[354] 充塞四虛：充滿四方。

[355] 躇步跐蹈：徘徊踐踏。跐蹈：踩踏

[356] 舍然：釋然。

說明

　　庸人自擾，憂慮沒有必要之事，不必為不可能發生的事情而寢食不安。

〈黃帝・漚鳥〉

　　海上之人有好漚鳥[357]者，每旦之海上，從漚鳥游[358]，漚鳥之至者百住而不止[359]。其父曰：「吾聞漚鳥皆從汝游，汝取來，吾玩之。」明日之海上，漚鳥舞而不下也。

說明

　　心存機詐之心，形神不符，鷗鳥也會知道。惟有存心純潔端正之人，以誠待人，才能坦蕩無累。

〈黃帝・朝三暮四〉

　　宋有狙公[360]者，愛狙；養之成群，能解狙之意；狙亦得公之心。損其家口[361]，充[362]狙之欲。俄而匱焉[363]，將限其

---

[357] 漚鳥：海鷗。

[358] 游：遊玩、遊戲。

[359] 百住不止：不只一百多隻鷗鳥。

[360] 狙公：養猴子的老人。狙，猴子。

[361] 損其家口：減少家裡吃飯人口。

[362] 充：滿足。

[363] 俄而匱焉：不久家境困乏。

食，恐眾狙之不馴於己也，先誑[364]之曰：「與若芧[365]，朝三而暮四，足乎？」眾狙皆起而怒。俄而曰：「與若芧，朝四暮三，足乎？」眾狙皆伏而喜。

說明

不能洞察事物本質，容易被表象的數字或外形所矇騙。

〈湯問・愚公移山〉

太形王屋[366]二山，方[367]七百里，高萬仞；本在冀州[368]之南，河陽[369]之北。北山愚公者，年且九十，面山而居。懲山北之塞[370]，出入之迂[371]也，聚室而謀[372]，曰：「吾與汝畢力平險[373]，指通豫南[374]，達於漢陰[375]，可乎？」雜然相許[376]。其妻獻疑曰：「以君之力，曾不能損魁父之

---

[364] 誑：欺騙。

[365] 與若芧：給你們橡樹的果實。若，你們。芧，橡樹果實。

[366] 太形王屋：指二座山名。太形，即「太行山」，在今山西省東部。

[367] 方：面積。

[368] 冀州：在今河北、山西，及河南的黃河以北、遼寧遼河以西的地方。

[369] 河陽：黃河以北。陽，河之北岸。

[370] 懲山北之塞：憂心山路阻塞不通。

[371] 出入之迂：指出入彎曲不方便。

[372] 聚室而謀：全家聚集在一起謀求對策。

[373] 畢力平險：盡全力剷除險阻。

[374] 直通豫南：直接通到豫州之南方。豫，今河南一帶。

[375] 漢陰：漢水南岸。

[376] 雜然相許：紛紛答應。

丘。如太形王屋何？且焉置土石？」雜曰：「投諸渤海之尾，隱土[377]之北。」遂率子孫荷擔[378]者三夫，叩[379]石墾壤，箕畚[380]運於渤海之尾[381]。鄰人京城氏[382]之孀妻有遺男，始齔[383]，跳[384]往助之。寒暑易節，始一反焉。河曲智叟笑而止[385]之，曰：「甚矣！汝之不惠[386]！以殘年餘力，曾不能毀山之一毛；其如土石何？」北山愚公長息曰：「汝心之固[387]，固不可徹[388]；曾不若孀妻弱子。雖我之死，有子存焉。子又生孫，孫又生子；子又有子，子又有孫；子子孫孫，無窮匱也；而山不加增，何苦而不平？」河曲智叟亡[389]以應。操蛇之神[390]聞之，懼其不已也，告之於帝。帝感其誠，命夸蛾氏二子負二山，一

377 隱土：在遼寧、河北一帶。

378 荷擔：挑擔。

379 叩石墾壤：敲打山石，開墾土壤。

380 箕畚：盛土石的竹器。

381 渤海之尾：渤海的水底。

382 京城氏：複姓。

383 齔：指七、八歲孩子掉乳齒的年紀。

384 跳往助之：迅速前往幫忙。

385 止：制止。

386 不惠：沒有智慧。

387 固：固陋、不明事理。

388 徹：通達。

389 亡以應：不能回答。

390 操蛇之神：手握蛇的神仙。

厝[391]朔東[392]，一厝雍南[393]。自此，冀之南漢之陰無隴斷[394]焉。

□說明

　　有堅強意志力與不畏艱難的精神，終能完成困難之事，喻示有志竟成、人定勝天。

〈湯問・夸父追日〉

　　夸父[395]不量力，欲追日影，逐之於隅谷[396]之際。欲得飲，赴飲河渭[397]。河渭不足，將走北飲大澤[398]。未至，道渴而死。棄其杖，尸膏肉所浸，生鄧林[399]。鄧林彌廣數千里焉。

□說明

　　自不量力。

---

[391] 厝：安置。厝，通「措」。

[392] 朔東：朔方以東。朔方在今長城以北。

[393] 雍南：雍州以南。雍州在今陝西、甘肅一帶。

[394] 無隴斷：沒有阻隔。

[395] 夸父：神話中巨人名字。《山海經》記載夸父雙手操蛇，死後化為森林。

[396] 隅谷：太陽下山的地方，又名「虞淵」。

[397] 河渭：黃河和渭水。

[398] 大澤：即瀚海，在今貝加爾湖附近。

[399] 鄧林：桃花林。

〈説符・齊人攫金〉

昔齊人有欲金者，清旦[400]衣冠而之市[401]。適鬻金者[402]之所，因攫其金而去。吏捕得之，問曰：「人皆在焉[403]，子攫[404]人之金何？」對曰：「取金之時，不見人，徒見金[405]。」

說明

財迷心竅，眼中只看到自己欲求之物，而不能辨識是非。

〈湯問・扁鵲換心〉

魯公扈趙齊嬰二人有疾，同請扁鵲[406]求治。扁鵲治之。既同愈。謂公扈齊嬰曰：「汝曩之所疾，自外而干府藏[407]者，固藥石之所已[408]。今有偕生之疾，與體偕長；今為汝攻[409]之，何如？」二人曰：「願先聞其驗[410]。」扁鵲

---

[400] 清旦：一大清早。

[401] 衣冠而之市：穿戴整齊的衣帽到市場去。衣、冠皆當動詞用，指穿戴衣帽。

[402] 鬻金者：賣金子的人。

[403] 人皆在焉：有人在市場上。

[404] 攫：搶奪、奪取。

[405] 徒見金：只看到金子。

[406] 扁鵲：春秋戰國時期名醫。

[407] 府藏：即腑臟。

[408] 藥石之所已：用藥治好病症。

[409] 汝攻：為你治療。

[410] 先聞其驗：先聽聽你的症狀、病症。

謂公扈曰：「汝志彊而氣弱[411]，故足於謀而寡於斷。齊
嬰志弱而氣彊[412]，故少於慮而傷於專[413]。若換汝之心，則
均於善矣。」扁鵲遂飲二人毒酒，迷死三日，剖胃探心，
易而置之；投以神藥，既悟如初[414]。二人辭歸。於是公
扈反齊嬰之室[415]，而有其妻子；妻子弗識。齊嬰亦反公
扈之室，有其妻子；妻子亦弗識[416]。二室因相與訟，求
辨於扁鵲。扁鵲辨其所由[417]，訟乃已。

> ### 說明
>
> 人之氣質各有所偏，能擷長補短，甚為完美。

〈説符・歧路亡羊〉

楊子[418]之鄰人亡羊，既率其黨[419]，又請楊子之豎[420]追之。
楊子曰：「嘻！亡一羊，何追者之眾？」鄰人曰：「多
歧路。」既反，問：「獲羊乎？」曰：「亡之矣。」
曰：「奚亡之[421]？」曰：「歧路之中又有歧焉，吾不知

---

[411] 志彊而氣弱：心智堅強，奈何氣質偏弱。彊，通「強」。

[412] 志弱而氣彊：意志薄弱而氣質偏勝。

[413] 少於慮而傷於專：指做事缺乏周密思慮卻非常專斷。

[414] 既悟如初：開刀後，醒來完好如初。

[415] 公扈反齊嬰之室：公扈返回齊嬰的家中。

[416] 弗識：不認識。

[417] 辨其所由：說明事情原委。

[418] 楊子：楊朱，戰國魏人，為道家人物，主張全性保真力不以物累形，思想核心「為我」。

[419] 率其黨：率領他的鄉人。

[420] 楊子之豎：楊朱的僮僕。

[421] 奚亡之：羊為何走失卻找不到？

所之，所以反也。」楊子戚然變容，不言者移時[422]，不笑者竟日[423]。門人怪之，請[424]曰：「羊，賤畜；又非夫子之有，而損言笑者，何哉？」楊子不答。門人不獲所命[425]。

說明

　　學習必須專心致志，沒有正確的學習方向，就像歧路亡羊一樣，會迷失方向，不知所終。

〈湯問・薛譚學謳〉

薛譚學謳[426]於秦青，未窮青之技[427]，自謂盡[428]之；遂辭歸。秦青弗止[429]；餞於郊衢[430]，撫節悲歌，聲振林木，響遏行雲[431]。薛譚乃謝求反[432]，終身不敢言歸。秦青顧謂其友曰：「昔韓娥[433]東之齊，匱糧，過雍門[434]，鬻歌假

---

[422] 不言者移時：半晌不說話。

[423] 不笑者竟日：整天不笑、不開心。

[424] 請：向楊子請教何故。

[425] 不獲所命：沒有獲得想要的答案。

[426] 謳：歌唱。

[427] 未窮青之技：沒有學到秦青的絕學。

[428] 盡：窮究。

[429] 弗止：不能阻止。

[430] 餞於郊衢：在大路上餞別。

[431] 響遏行雲：指歌聲高亢嘹亮。遏：止住。

[432] 乃謝求反：致歉要求返回師門再學。

[433] 韓娥：韓國善歌者。

[434] 雍門：齊國都城臨淄的西門。今山東省臨淄一帶。

食[435]。既去而餘音繞梁欐[436]，三日不絕，左右以其人弗去。過逆旅[437]，逆旅人辱之。韓娥因曼聲[438]哀哭，一里老幼悲愁，垂涕相對，三日不食。遽而追之。娥還，復為曼聲長歌。一里老幼喜躍抃舞[439]，弗能自禁[440]，忘向之悲[441]也。乃厚賂發[442]之。故雍門之人至今善歌哭，放[443]娥之遺聲。」

> 說明

　　學無止境，驕矜自誇者永遠無法達到登峰造極之境，惟有虛心向學，才能精通絕學。

〈說符・九方皋相馬〉

　　秦穆公謂伯樂[444]曰：「子之年長矣，子姓[445]有可使求馬者乎？」伯樂對曰：「良馬可形容筋骨相[446]也。天下之

---

[435] 鬻歌假食：賣唱乞食。鬻，賣。假，求。

[436] 餘音繞梁欐：指歌聲美妙。梁欐：房屋的梁棟。

[437] 逆旅：旅舍。

[438] 曼聲：歌唱時拉長聲音。

[439] 喜躍抃舞：快樂地手舞足蹈。

[440] 弗能自禁：不能控制自己。

[441] 忘向之悲：忘記剛才的悲傷。向，剛才。

[442] 厚賂發之：饋贈豐富的財物。

[443] 放：模仿。

[444] 伯樂：孫陽，是春秋時代能辨識駿馬的人，世人尊稱伯樂。

[445] 子姓：子孫。

[446] 良馬可形容筋骨相：一般的好馬，可以從筋骨來辨識。

馬[447]者，若滅若沒，若亡若失。若此者絕塵弭轍[448]。臣之子皆下才也，可告以良馬，不可告以天下之馬也。臣有所與共擔纆薪菜[449]者，有九方皋[450]，此其於馬非臣之下[451]也。請見之。」穆公見之，使行求馬。三月而反報曰：「已得之矣，在沙丘。」穆公曰：「何馬也？」對曰：「牝而黃[452]。」使人往取之，牡而驪[453]。穆公不說[454]，召伯樂而謂之曰：「敗矣，子所使求馬者！色物牝牡尚弗能知[455]，又何馬之能知也？」伯樂喟然太息曰：「一至於此乎？是乃其所以千萬臣而無數者[456]也。若皋之所觀天機[457]也，得其精而忘其麤[458]，在其內而忘其外[459]；見其所見，不見其所不見；視其所視，而遺其所不視。若皋之相者，乃有貴乎馬者[460]也。」馬至，果天下之馬也。

---

[447] 天下之馬：指天下最好的駿馬。

[448] 絕塵弭轍：指駿馬奔行的速度非常的快，不會留下馬跡。絕塵，超越塵土。弭，消除。轍，車輪痕跡。

[449] 擔纆薪菜：挑捆薪木。纆，繩索。薪菜，砍柴之意。

[450] 九方皋：姓九方，名皋。善於相馬。

[451] 此其於馬非臣之下：指九方皋相馬的能力不在我之下。

[452] 牝而黃：黃色的母馬。

[453] 牡而驪：黑色的公馬。

[454] 不說：不高興。

[455] 色物牝牡尚弗能知：指不能辨識馬之雌雄。色物，指辨識物色。

[456] 是乃其所以千萬臣而無數者：指九方皋相馬能力高出我千萬倍。千萬臣：超過我千萬倍。無數：不可估算。

[457] 天機：指馬的天生秉賦。

[458] 得其精而忘其麤：相馬注重牠的精神內蘊，而忽略外表的粗糙。麤，同粗。

[459] 在其內而忘其外：觀察馬的內在質素，而忽略外表的形象。

[460] 乃有貴乎馬者：有比相馬更重要的事物。

説明

　　遺形得神才是相馬之術。觀察事物亦需掌握重點，忽略相對不重要者。

〈説符・拾人遺契〉

宋[461]人有遊於道[462]，得人遺契[463]者，歸而藏之，密數其齒[464]。告鄰人曰：「吾富可待矣。」

説明

藏人所遺，夢想富貴，不切實際。

〈説符・楊布打狗〉

楊朱之弟曰布，衣素衣[465]而出。天雨，解素衣，衣緇衣[466]而反。其狗不知，迎而吠之。楊布怒，將扑[467]之。楊朱曰：「子無扑矣！子亦猶是也。嚮者[468]使汝狗白而往，黑而來，豈能無怪哉？」

---

461 宋：國名。周朝封微子啓之地，今河南省商邱縣南，後為齊所滅。

462 遊於道：在路上遊玩。

463 遺契：遺失的契約或合約。古代做為信物之用，雙方各執一片，可買賣交易使用。

464 齒：齒紋、符號。

465 衣素衣：穿著白色衣服。第一個「衣」，穿，動詞。

466 衣緇衣：穿著黑色衣服。

467 將扑之：準備要打狗。扑：擊打。

468 嚮者：早先的時候。

說明

　　白衣黑衣皆為外在形象，以狗為喻，說明易受外表假象迷惑，不識本真。

宝《呂氏春秋》

　　呂不韋（？-西元前235）衛國陽翟商賈，因勸秦孝文王之華陽夫人收子楚為子，後孝王薨，子楚即位，是為秦莊襄王，立呂不韋為相，食邑十萬戶，號文信侯。莊襄王在位三年薨，秦王政即位，年幼由呂不韋輔國，號稱「仲父」。戰國時有養士風氣，呂不韋也招攬賢士，有三千食客，《呂氏春秋》即呂不韋召群士編寫而成。

　　《呂氏春秋》又稱《呂覽》，為呂不韋召集文士編寫而成。內容共有十二紀、八覽、六論共一百六十篇，《漢書・藝文志》稱其「出於議官，兼儒墨，合名法」，是一本雜揉先秦諸子百家思想，兼採各家流派之菁華眇義的書籍，列入雜家之屬。

〈仲冬紀第十一・當務・割肉相啖〉

　　齊之好勇者，其一人居東郭[469]，其一人居西郭，卒然[470]相遇於塗[471]曰：「姑[472]相飲乎？」觴數行[473]，曰：「姑求肉乎？」一人曰：「子肉也？我肉也？尚胡革求肉而

---

[469] 東郭：東邊外城。

[470] 卒然：突然、忽然。卒，通「猝」。

[471] 相遇於塗：在路上相遇。塗，通「途」，路上。

[472] 姑：姑且、暫且。

[473] 觴數行：指斟酒數遍。

為[474]？於是具染[475]而已。」因抽刀而相啖[476]，至死而止。
勇若此不若無勇。

血氣之勇非真勇。

〈孟秋紀第七・蕩兵・因噎廢食〉

夫有以饐[477]死者，欲禁天下之食，悖[478]。

　　因小挫折而裹足不前，把偶然當成必然，必畏縮害怕，過分矯
枉過正，其弊更大。

〈孝行覽第二・遇合・逐臭之夫〉

人有大臭者[479]，其親戚兄弟妻妾知識[480]無能與居者[481]，自
苦而居海上[482]。海上人有說其臭者[483]，晝夜隨之而弗能
去。

474　胡革求肉而為：何必另外去弄肉呢？革，更。

475　具染：準備作料，調味用。染，調味料。

476　啖：吃、食。

477　饐：食物哽住喉嚨。饐，通「噎」。

478　悖：謬誤、荒唐。

479　大臭者：奇臭無比的人。

480　知識：相識相知之人，指朋友。

481　無能與居者：沒有人能和他共同生活。

482　自苦而居海上：感到很痛苦，移居海邊。海上，一作地名在今山東諸城海邊琅邪山附近。

483　有說其臭者：有人喜歡他身上的臭味。說，同「悅」。

說明

　　心的秉性、特質不同，癖好亦不同，愛憎喜惡亦有所不同，不可強求其同。

〈慎大覽第三・刻舟求劍〉

　　楚人有涉江者，其劍自舟中墜於水，遽契[484]其舟曰：「是吾劍之所從墜。」舟止，從其所契者入水求之。舟已行矣，而劍不行，求劍若此，不亦惑乎？以此故法為其國與此同。時已徙矣，而法不徙，以此為治，豈不難哉？

說明

　　墨守成規者，難有成就。

〈不苟論第四・掩耳盜鐘〉

　　范氏之亡[485]也，百姓有得鍾[486]者，欲負而走，則鍾大不可負，以椎毀之，鍾況然有音，恐人聞之而奪己也，遽揜其耳[487]。惡人聞之可也，惡己自聞之悖矣。為人主而惡聞其過，非猶此也？惡人聞其過尚猶可。

---

484 契：作記號。

485 范氏之亡：指范氏覆亡。

486 鍾：同「鐘」。

487 遽揜其耳：迅速掩住自己耳朵。

説明

自欺欺人，終不可得逞。

〈似順論第五・能起死人〉

魯人有公孫綽者，告人曰：「我能起死人[488]。」人問其故。對曰：「我固能治偏枯[489]，今吾倍[490]所以為偏枯之藥，則可以起死人矣。」物固有可以為小，不可以為大；可以為半，不可以為全者也。

説明

　事有大小，物有其形，不能僅以數量多寡或外形來判斷事情的本質，亦不能治標不治本。

〈審應覽第六・掣肘〉

宓子賤[491]治亶父[492]，恐魯君之聽讒人，而令己不得行其術[493]也。將辭而行，請近吏[494]二人於魯君，與之俱至於亶父。邑吏皆朝，宓子賤令吏二人書。吏方將書，宓子賤從旁時掣搖其肘。吏書之不善，則宓子賤為之怒。吏

---

[488] 能起死人：能夠治活死人。起，治活。

[489] 偏枯：癱瘓，即半身不遂。

[490] 倍：加倍。

[491] 宓子賤：春秋魯人，即宓不齊，字子賤。是孔子弟子。

[492] 亶父：即單父，春秋魯邑，在今山東省單縣。

[493] 行其術：行使治理邑地之方略。

[494] 近吏：指魯君身邊親信的人。

甚患之，辭而請歸。宓子賤曰：「子之書甚不善，子勉歸[495]矣。」二吏歸報於君，曰：「宓子不可為書。」君曰：「何故？」吏對曰：「宓子使臣書，而時掣搖臣之肘，書惡而有甚怒，吏皆笑宓子，此臣所以辭而去也。」魯君太息而歎曰：「宓子以此諫寡人之不肖也。寡人之亂子[496]，而令宓子不得行其術，必數有之矣。微[497]二人，寡人幾過。」遂發所愛[498]，而令之亶父，告宓子曰：「自今以來，亶父非寡人之有也，子之有也。有便於亶父者，子決為之矣。五歲而言其要。[499]」宓子敬諾，乃得行其術於亶父。

說明

　　給人職位，便要給予職權做事，不過分干涉，使其能充分發揮才能，完成大事。

〈慎大覽第三・權勛・唇亡齒寒〉

　　昔者，晉獻公使荀息[500]假道於虞以伐虢，荀息曰：「請

---

[495] 子勉歸矣：你回去要加強書寫的能力。

[496] 亂子：指干擾宓子賤治理單父之事。

[497] 微：沒有。

[498] 發所愛：派遣最親信的臣子。所愛，最親信者。

[499] 言其要：報告施政內容。

[500] 荀息：晉國大夫，食邑在荀，故以荀為姓。

以垂棘之璧[501]與屈產之乘[502]，以略虞公，而求假道[503]焉，必可得也。」獻公曰：「夫垂棘之璧，吾先君之寶也；屈產之乘，寡人之駿也。若受吾幣而不吾假道[504]，將奈何？」荀息曰：「不然。彼若不吾假道，必不吾受也。若受我而假我道，是猶取之內府而藏之外府[505]也，猶取之內皁而著之外皁[506]也。君奚患焉？」獻公許之。乃使荀息以屈產之乘為庭實[507]，而加以垂棘之璧，以假道於虞而伐虢。虞公濫[508]於寶與馬而欲許之。宮之奇諫曰：「不可許也。虞之與虢也，若車之有輔[509]，車依輔，輔亦依車，虞、虢之勢是也。先人有言曰：『脣竭[510]而齒寒。』夫虢之不亡也恃虞，虞之不亡也亦恃虢也。若假之道，則虢朝亡而虞夕從之矣。奈何其假之道也？」虞公弗聽而假之道，荀息伐虢，克之。還反伐虞，又克之。荀息操璧牽馬而報。獻公喜曰：「璧則猶是也，馬齒亦薄長[511]矣。」故曰小利，大利之殘也。

---

[501] 垂棘之璧：垂棘出產的美玉。

[502] 屈產之乘：屈地所產的駿馬。

[503] 求假道：要求借路。

[504] 受吾幣而不吾假道：接受我們的禮物卻不借路給我們。

[505] 猶取之內府而藏之外府：就像把美玉從宮中府庫放在宮外府庫。

[506] 猶取之內皁而著之外皁：就像將駿馬從宮中馬槽牽到宮外馬槽旁。皁，馬槽。

[507] 庭實：指禮物。

[508] 濫：貪圖。

[509] 車之有輔：比喻虞國與虢國相互依存之關係。

[510] 竭：亡盡。

[511] 馬齒亦薄長：馬的年齒稍長了一些，指過了一段時間。

說明

> 　貪圖眼前小利，必遭大患。相互依存的關係被破壞之後，二者皆不可久存，合則雙美，離則兩害。

五、《戰國策》

　《戰國策》又名《國策》，是採取以國記事的史書，原先有不同傳本及名稱，迄西漢劉向重新編輯整理，始定名《戰國策》。內容按東周、西周、秦、楚、齊、趙、魏、韓、燕、宋、衛、中山十二編序，共有三十三篇，記載戰國時期（西元年475-221年）各國歷史事件。文章內容大抵為戰國遊說策士所寫，故風格表現鋪張揚厲，技巧善喻巧譬，說理淋漓盡致。

〈秦策一·陳軫去楚之秦·楚人兩妻〉

　楚人有兩妻者，人誂[512]其長者，長者詈[513]之；誂其少者，少者許之[514]。居無幾何[515]，有兩妻者死。客謂誂者曰：「汝取[516]長者乎？少者乎？」「取長者。」客曰：「長者詈汝，少者和[517]汝，汝何為取長者？」曰：「居彼人之所，則欲其許我也；今為我妻，則欲其為我詈人也。」

---

[512] 誂：引誘、挑逗。

[513] 詈：怒罵。

[514] 少者許之：年輕的妻子悅色相待。

[515] 居無幾何：過了不久。居，停留。無幾何，不久。

[516] 取：通「娶」。

[517] 和：應和相承。

説明

　　娶妻要娶不受調戲而拒絕邪行者，因為其人堅貞、忠誠。寓意在於擇人要注重品德，以免自取其辱。

〈齊策二・昭陽爲楚伐魏・畫蛇添足〉

　　楚有祠者[518]，賜其舍人[519]卮酒[520]。舍人相謂曰：「數人飲之不足，一人飲之有餘。請畫地為蛇，先成者飲酒。」一人蛇先成，引酒且[521]飲之，乃左手持卮，右手畫蛇，曰：「吾能為之足。」未成，一人之蛇成，奪其卮曰：「蛇固無足，子安能[522]為之足？」遂飲酒。為蛇足者，終亡[523]其酒。

説明

　　多此一舉，無益於事反而敗事。凡事適可而止，不可弄巧成拙。

---

[518] 祠者：祭祀的人。

[519] 舍人：指左右親近門客。

[520] 卮酒：此指祭酒。卮，古代酒器。

[521] 且：將要。

[522] 安能：怎麼能夠。

[523] 亡：失去。

〈秦策二・秦武王謂甘茂・曾參殺人〉

昔者曾子處費[524]，費人有與曾子同名族者[525]而殺人。人
告曾子母曰：「曾參殺人。」曾子之母曰：「吾子不殺
人。」織自若[526]。有頃[527]焉，人又曰：「曾參殺人。」其
母尚織自若也。頃之，一人又告之曰：「曾參殺人。」
其母懼，投杼[528]踰牆而走[529]。夫以曾參之賢與母之信也，
而三人疑之，則慈母不能信也。

說明

積非成是，連最親信的人也動搖立場，說明流言蜚語之可怕。

〈楚策一・荊宣王問群臣・狐假虎威〉

虎求百獸而食之，得狐。狐曰：「子無敢食我[530]也！天
帝使我長百獸[531]，今子食我，是逆天帝命也。子以我為
不信，吾為子先行，子隨我後，觀百獸之見我而敢不走
乎？」虎以為然，故遂以之行。獸見之皆走[532]。虎不知
獸懼己而走也，以為畏狐也。

---

[524] 費：魯邑名，舊城在今山東省費縣。

[525] 同名族者：同名同姓的人。

[526] 織自若：依舊安心的織布，態度自然詳和。

[527] 有頃：過了一會兒。

[528] 投杼：丟下織布機的梭子。

[529] 踰牆而走：爬牆逃跑。

[530] 無敢食我：不敢吃我。

[531] 長百獸：掌管、領導各種動物。意指是百獸之王。

[532] 走：逃跑。

說明

　　此則意在諷刺藉由權威而欺壓他人，甚至藉職務之權而作威作福之人。

〈魏策四·魏王欲攻邯鄲·南轅北轍〉

　　今者臣來，見人於大行[533]，方北面而持其駕，告臣曰：「我欲之楚。」臣曰：「君之楚，將奚為北面？」曰：「吾馬良。」臣曰：「馬雖良，此非楚之路也。」曰：「吾用多[534]。」臣曰：「用雖多，此非楚之路也。」曰：「吾御者善[535]。」此數者愈善，而離楚愈遠耳。

說明

　　背道而馳，雖有駿馬、資財豐富、馬伕善駕，反其道而行，永遠無法抵達目的地。

〈燕策二·趙且伐燕·鷸蚌相爭〉

　　蚌方出曝[536]，而鷸[537]啄其肉，蚌合而拑其喙[538]。鷸曰：「今日不雨，明日不雨，即日死蚌。」蚌亦謂鷸曰：

---

[533] 大行：即太行山。

[534] 用多：資財豐富。

[535] 御者善：馬伕的駕車技術良好。

[536] 出曝：出來晒太陽。

[537] 鷸：長嘴水鳥。

[538] 拑其喙：咬住牠的鳥嘴。

「今日不出，明日不出，即日死鷸。」兩者不肯相舍[539]，漁者得而並禽[540]之。

說明

雙方爭執，兩敗俱傷，使敵人或第三者得利。鷸蚌相爭，漁人得利。

〈齊策一・鄒忌脩八尺有餘・鄒忌窺鏡〉

鄒忌[541]脩八尺有餘，而形貌昳麗[542]。朝服衣冠窺鏡，謂其妻曰：「我孰與城北徐公美？」其妻曰：「君美甚，徐公何能及君也！」城北徐公，齊國之美麗者也。忌不自信，而復問其妾曰：「吾孰與徐公美？」妾曰：「徐公何能及君也！」旦日[543]，客從外來，與坐談，問之客曰：「吾與徐公孰美？」客曰：「徐公不若君之美也。」明日，徐公來，孰視[544]之，自以為不如；窺鏡而自視，又弗如[545]遠甚。暮寢而思之，曰：「吾妻之美我者，私我[546]也；妾之美我者，畏我也；客之美我者，欲有求於我也。」

---

[539] 相舍：不肯放棄。

[540] 禽：捉住，通「擒」。

[541] 鄒忌：戰國齊人，曾任齊威王相。

[542] 形貌昳麗：神采煥發。

[543] 旦日：第二天、明天。

[544] 孰視：仔細觀看。孰，同熟。

[545] 弗如：不如、比不上。

[546] 私我：偏愛我。

説明

　　人要有自知之明，必須能辨識他人過度頌揚、讚美是否有所求或存偏私之心。

〈楚策一・江乙惡昭奚恤・狗溺井水〉

有人以其狗有執[547]而愛之。其狗嘗溺井[548]，其鄰人見狗之溺井也，欲入言之[549]，狗惡[550]之，當門而噬[551]之。鄰人憚[552]之，遂不得入言。

説明

　　惡人做壞事怕人揭發，並且阻撓忠貞之士的直諫，喻示惡人當道，諍言不通。

〈楚策四・天下合從・驚弓之鳥〉

異日者[553]，更嬴[554]與魏王處京台[555]之下，仰見飛鳥，更嬴謂魏王曰：「臣為王引弓虛發而鳥下。」魏王曰：「然則，射可至此乎？」更嬴曰：「可。」有間，雁從

---

547 有執：善守門戶。

548 溺井：撒尿到水井裡。溺，撒尿，當動詞用。

549 欲入言之：想進入告訴主人。

550 惡：憎恨。

551 當門而噬：擋住門口咬人。

552 憚：害怕。

553 異日者：從前、昔日。

554 更嬴：人名，魏國善射之人。

555 京台：即高台。一說是台名。京：高、大。

東方來，更贏以虛發而下之。魏王曰：「然則，射可至此乎？」更贏曰：「此孽[556]也。」王曰：「先生何以知之？」對曰：「其飛徐而鳴悲。飛徐者，故瘡痛也，鳴悲者，久失群也。故瘡未息[557]而驚心未去[558]也。聞弦音，引而高飛，故瘡隕[559]也。」

說明

　　曾經受挫，心有餘悸，若牽動舊時創傷，易形成心中陰影難以揮去。

---

[556] 孽：病。指鳥曾受箭傷。

[557] 故瘡未息：舊傷未痊癒。

[558] 驚心未去：害怕的陰影未除。

[559] 故瘡隕：牽動舊傷，掉落下來。

第三章

兩漢時期

一、《山海經》

　　《山海經》是中國第一本遠古神話的書籍，相傳是夏禹、伯益所作，今存十八篇，作者應是春秋戰國到秦漢間人不斷地編寫，迄漢代規模始具，非成於一時一地一人之手。內容包括豐富的神話、地理、博物等資料，是研究中國神話不可或缺的重要典籍。

〈北山經·精衛填海〉

　　發鳩之山，其上多柘木[1]，有鳥焉，其狀如鳥，文首，白喙，赤足，名曰精衛，其鳴自詨[2]。是炎帝之少女，名曰女娃。女娃游於東海，溺而不返，故為精衛，常銜西山之木石，以堙於東海[3]。

說明

以微小之力欲填平東海的精神，寄寓征服大海的雄心壯志。

〈海外西經·刑天舞干戚〉

　　刑天與帝爭神[4]，帝斷其首，葬之常羊之山[5]，乃以乳為目[6]，以臍為口[7]，操干戚以舞[8]。

1　柘木：桑木。葉可餵蠶，木質堅韌可製弓。
2　其鳴自詨：叫聲似在呼叫自己的名字。詨：叫。
3　堙於東海：填平東海。堙：填平、堵塞。
4　與帝爭神：與天帝爭取神的最高統治權。
5　常羊之山：即常羊山，是西方神山，是炎帝出生之地。
6　以乳為目：以兩乳當作眼睛。
7　以臍為口：以肚臍當作嘴巴。
8　操干戚以舞：手拿盾牌、大斧不斷地揮舞。

說明

　　寧死不屈的反抗精神。

二、劉邦

　　劉邦（西元前256-前195）字季，秦沛郡（豐邑中陽里）人，曾任秦泗水亭長，秦末揭竿起義，英雄齊聚麾下，時稱「沛公」。與項羽約定入秦都咸陽，被封漢王，封地爲巴蜀、漢中。後稱帝以漢爲國名，定都洛陽，爲漢代開國者，也是中國第一位平民皇帝，登基後採休養生息政策，奠定漢代文化及一統大國的基業。

〈鴻鵠歌〉

　　鴻鵠高飛，一舉千里。羽翼已就，橫絕四海。橫絕四海，又何奈何。雖有矰繳[9]，尚安所施[10]。

說明

　　以鴻鵠爲喻，說明鴻鵠羽翼已長成，雖有弓箭也難射之，猶如太子劉盈得商山四皓之助，無力拔除。

三、《新語》

　　陸賈（？）爲西漢初年之政論家，生於楚地，以門客身分追隨高祖平定天下，善辭令屬文，常於高祖前稱說《詩》、《書》，高祖不悅：「乃公居馬上得之，安事《詩》、《書》？」陸賈即回答：「居馬上得之，寧可馬上治之乎？且湯武逆取而以順守之，文武並

9　矰繳：繫有絲繩用以射鳥的短箭。
10　尚安所施：無法施展。

用，長久之術也。」高祖乃服，並要陸賈著秦失天下，古今成敗之理，遂成《新語》一書，每向高祖奏一篇，高祖即稱好，左右則高呼「萬歲」，其被器重可見一斑。

《新語》為陸賈所著，今有十二篇傳世，內容兼揉黃老治術與儒家治國之理，敘寫多旁徵典籍，資料富贍。

〈資質・扁鵲與靈巫〉

昔扁鵲[11]居宋，得罪於宋君，出亡之衛[12]。衛人有病將死者，扁鵲至其家，欲為治之。病者之父謂扁鵲曰：「吾子病甚篤，將為迎良醫治[13]，非子所能治[14]也。退而不用。乃使靈巫求福請命[15]。對扁鵲而咒[16]，病者卒死。是巫不能治也[17]。

夫扁鵲天下之良醫，而不能與靈巫爭用者，知與不知[18]也。

說明

能被了解，才能充分發揮效用。

---

[11] 扁鵲：春秋戰國時期的名醫，善問診，工針灸，精湯藥。後因秦國太醫妒才被殺。

[12] 出亡之衛：逃亡到衛國。

[13] 將為迎良醫治：將為病篤之子，聘請醫術高明者醫治。

[14] 非子所能治：這種重病不是你所能治癒的。

[15] 使靈巫求福請命：請靈巫求神賜福，保佑平安健康。

[16] 對扁鵲而咒：當著扁鵲的面，誦唸咒語治病。

[17] 是巫不能治也：因為巫師不會治病。

[18] 不能與靈巫爭用者，知與不知：不能和巫師相爭治病，是因為不被了解的緣故。知：了解；不知：不被了解。

四　《新書》

　　賈誼（西元前200-前168）西漢河南洛陽人，博學善屬文，文帝時任博士掌文獻典籍，因主張改革，削弱諸王勢力引發不滿，遷長沙王太傅、梁懷王太傅，後梁王墜馬死，賈誼自責，年三十三憂傷而死。

　　《新書》，又名《賈子》，爲西漢賈誼所撰，內容善用歷史故事說理，以明治國之方，具有縱橫家析理透闢、議論清晰之風格。

〈連語・厚薄二璧〉

　　梁嘗有疑獄[19]，半以爲當罪[20]，半以爲不當。梁王曰：「陶朱之叟[21]以布衣而富侔國[22]，是必有奇智[23]。」乃召朱公而問之曰：「梁有疑獄，吏半以爲當罪，半以爲不當，雖寡人亦疑焉。吾決是奈何[24]？」朱公曰：「臣鄙人也，不知當獄。然臣家有二白璧，其色相如也[25]，其徑相如也，其澤相如也。然其價也，一者千金，一者五百金。」王曰：「徑與色、澤皆相如也，一者千金，一者五百金，何也？」朱公曰：「側而視之，其一者厚倍

19　疑獄：不能判定是非的訴訟案。

20　半以爲當罪：一半的人認爲應該處罪。

21　陶朱之叟：陶朱公，即春秋末年之范蠡，曾佐句踐復國，後入齊到陶地，自稱陶朱公，經商致富。

22　以布衣而富侔國：平民卻能致富，且富可敵國。侔：相等。

23　是必有奇智：一定有過人的才智。

24　吾決是奈何：我因此無法判決。

25　其色相如也：它的顏色相同。

之，是以千金。」王曰：「善。」故獄疑則從去[26]，賞疑則從予[27]。梁國說[28]。

説明

治理國家應心存仁厚，從寬處理。

〈諭誠・昭王拾屨〉

昔楚昭王與吳人戰。楚軍敗，昭王走，屨決眦而行失之[29]，行三十步，復旋取屨[30]。及至於隋，左右問曰：「王何曾惜一蹻屨乎[31]？昭王曰：「楚國雖貧，豈愛一蹻屨哉？思與偕反也[32]。」自是以後，楚國之俗無相棄者[33]。

説明

不拋棄故物，即不會拋棄故人。

---

26 獄疑則從去：無法判決的訴訟案，就從寬免除刑罰。

27 賞疑則從予：無法決定的獎賞，就從寬給予獎勵。

28 梁國說：梁國百姓非常高興。說：同「悅」，快樂。

29 屨決眦而行失之：鞋子斷裂而走丟。屨：鞋子。眦：鞋口。

30 復旋取屨：又回頭取回斷鞋。

31 何曾惜一蹻屨乎：為何吝惜一隻鞋子呢？

32 思與偕反也：想要和鞋子一同回到楚國。

33 楚國之俗無相棄者：楚國無互相遺棄的風俗。

五　《韓詩外傳》

　　韓嬰（？），漢文帝時博士，景帝時為常山王太傅，善《詩》、《易》，講學於燕趙，著有《韓詩內傳》、《韓詩外傳》、《韓詩說》、《韓詩故》等書，為韓詩學大家。今存《韓詩外傳》一書，餘皆不存。

　　《韓詩外傳》為西漢韓嬰所撰，今傳十卷本，共三百一十章。內容以闡述政治、倫理思想、為人處世道理為主，敘寫方式，先引一段歷史故事或民間傳說，再以《詩經》作結，以發揮所要表述的道理或思想。

〈卷七·束蘊請火〉

　　里母相善婦[34]，見疑盜肉，其姑去之[35]。恨而告於里母。「安行，今令姑呼汝[36]。」即束蘊請火去婦之家[37]，曰：「吾犬爭肉相殺[38]，請火治之。」姑乃直使人追去婦[39]，還之。

説明

> 要有策略，才能解決難題。

---

[34] 相善婦：相交甚篤的媳婦。

[35] 見疑盜肉，其姑去之：被懷疑偷肉，被婆婆趕出家門。

[36] 今令姑呼汝：現在我有辦法讓妳的婆婆請妳回去。

[37] 束蘊請火去婦之家：拿火炬到她的婆家引火。

[38] 吾犬爭肉相殺：我的狗因為爭食一塊肉而相殘殺。

[39] 姑乃直使人追去婦：婆婆趕緊派人追回媳婦。

〈卷九・相人之術〉

楚有善相人者[40]，所言無遺[41]。美聞於國中[42]。莊王召見而問焉，對曰：「臣非能相人也，能相人之友者[43]也。」

說明

物以類聚，人以群分，從交往的對象可以了解一個人的行為。

〈卷九・屠牛吐辭婚〉

齊王厚送女[44]，欲妻屠牛吐，屠牛吐辭以疾[45]。其友曰：「子終死腥臭之肆[46]而已乎！何為辭之？」吐應之曰：「其女醜。」其友曰：「子何以知之？」吐曰：「以吾屠[47]知之。」其友曰：「何謂也？」吐曰：「吾肉善，〔如量〕而去苦少耳[48]；吾肉不善，雖以吾附益之，尚猶賈不售。今厚送子，子醜故耳。」其友後見之，果醜。傳曰：「目如擘杏[49]，齒如編貝[50]。」

---

[40] 楚有善相人者：楚國有一位善於看相的人。

[41] 所言無遺：所說的話完全沒有誤差。

[42] 美聞於國中：美名傳遍國內。

[43] 能相人之友者：能夠觀察他所結交的朋友，來判斷他的為人。

[44] 厚送女：準備豐富妝奩嫁女兒。

[45] 屠牛吐辭以疾：屠牛吐用生病的藉口推辭掉。屠牛吐，殺牛之人，名吐。

[46] 腥臭之肆：賣肉的攤子。

[47] 屠：此指賣肉的經驗。

[48] 去苦少耳：指肉品佳，則擔心分量不夠賣。苦，擔心。

[49] 目如擘杏：指眼睛長得像剖開的杏仁。極言其醜。擘，剖開。

[50] 齒如編貝：指牙齒長得像響蟲編成的。

說明

> 　肉品不好，雖加送貨品，買者不顧；嫁女奇醜，雖有豐富妝奩，人亦不顧。本質不佳，雖有外在物品襯托，亦無以彰顯其價值。

〈卷十·螳螂捕蟬〉

　楚莊王將興師伐晉[51]，告士大夫曰：「敢諫者死無赦。」孫叔敖曰：「臣聞：畏鞭箠[52]之嚴，而不敢諫其父，非孝子也；懼斧鉞之誅[53]，而不敢諫其君，非忠臣也。」於是遂進諫曰：「臣園中有榆，其上有蟬，蟬方奮翼悲鳴[54]，欲飲清露，不知螳螂之在後，曲其頸，欲攫[55]而食之也；螳螂方欲食蟬，而不知黃雀在後，舉其頸，欲啄而食之也；黃雀方欲食螳螂，不知童挾彈丸在下，迎[56]而欲彈之；童子方欲彈黃雀，不知前有深坑，後有窟也。此皆言前之利[57]，而不顧後害者也，非獨昆蟲眾庶若此[58]也，人主亦然。君今知貪彼之土[59]，而樂其士卒[60]。」國不怠，而晉國以寧，孫叔敖之力也。

---

[51] 興師伐晉：大動干戈要攻打晉國。

[52] 畏鞭箠：畏懼被鞭打。鞭，皮鞭；箠，竹杖，皆當動詞。

[53] 懼斧鉞之誅：害怕殺身之禍。

[54] 奮翼悲鳴：鼓動翅膀，大聲鳴叫。

[55] 攫：捕捉。

[56] 迎：抬頭。

[57] 言前之利：指貪求眼前利益。

[58] 非獨昆蟲眾庶若此：不僅僅是昆蟲如此，眾人亦是如此。意謂大家皆瞻前不顧後，貪圖眼前利益。

[59] 貪彼之土：貪圖鄰國土地。

[60] 樂其士卒：欣悅敵國有眾多的士眾。

說明

貪圖眼前利益，不顧身後危險者，必遭禍殃。

六　《禮記》

戴聖（？）字次君，漢代梁人，宣帝時立為博士，曾參與評定五經同異，刪定《禮記》成四十九篇，為西漢著名的經學家。

《禮記》有戴德《大戴禮記》八十五篇、戴聖《小戴禮記》四十九篇，是儒家講述先秦典章制度、禮儀規範、風俗掌故的禮儀典範的書籍，今本為戴聖所編之《小戴禮記》，列入十三經之一。

〈檀弓下·苛政猛於虎〉

孔子過泰山側，有婦人哭於墓者而哀，夫子式而聽之[61]。使子路問之曰：「子之哭也，壹似重有憂者[62]。」而曰：「然，昔者吾舅死於虎，吾夫又死焉，今吾子又死焉。」夫子曰：「何為不去[63]也？」曰：「無苛政[64]。」夫子曰：「小子識[65]之，苛政猛於虎也。」

說明

不良政策比猛虎更可怕。

61　式而聽之：憑軾聽她的哭聲。

62　壹似重有憂者：似乎有很深刻的憂傷。

63　不去：不離開。

64　苛政：繁重的賦稅和徭役。

65　識：記住。識，同誌。

〈檀弓下・嗟來之食〉

齊大饑，黔敖[66]為食於路[67]，以待餓者而食之。有餓者蒙袂輯屨[68]，貿貿然[69]來，黔敖左奉食，右執飲曰：「嗟[70]！來食！」揚其目而視之，曰：「予唯不食嗟來之食，以至於斯也[71]。」從而謝焉[72]；終不食而死。曾子聞之曰：「微與[73]！其嗟也可去，其謝也可食。」

說明

　　不吃嗟來食是尊重自己的生命，但是別人道歉之後，應該欣然接受。

七、《春秋繁露》

　　董仲舒（西元前179-前104）西漢廣川（河北棗強縣）人，為今文經學大家，專治春秋公羊學，曾向武帝提出「罷黜百家，獨尊儒術」主張，影響中國甚鉅，奠立以儒學為政治思想之本源，重要著作為《春秋繁露》。

　　《春秋繁露》為董仲舒所撰，凡八十二篇，內容以儒家思想為主，並吸收陰陽五行及天人感應學說以建立一套政治倫理學。

---

[66] 黔敖：人名，齊國富人。

[67] 為食於路：在路旁設置食物。

[68] 蒙袂輯屨：指衣衫襤褸。蒙袂，用衣袖遮臉。輯屨，用繩綁麻鞋。

[69] 貿貿然：眼睛看不清楚的樣子。

[70] 嗟：打招呼的聲音，有不敬之意。

[71] 至於斯：淪落到這樣的景況。

[72] 從而謝焉：因此向他道歉。

[73] 微與：不對吧！微，無。與，同「歟」，語末詞。

〈棗與錯金〉

今握棗與錯金[74]，以示嬰兒，必取棗而不取金也；握一斤金與千萬之珠，以示野人[75]，野人必取金而不取珠也，故物之於人，小者易知也[76]，其於大者難見[77]也。今利之於人小，而義之於人大者，無怪民之皆趨利而不趨義[78]也，固其所闇[79]也。

説明

世人只貪眼前之利，而不顧大體的道義。

八 《淮南子》

劉安（西元前179-前122）為漢文帝之弟劉長之長子，世襲淮南王，善屬文好鼓琴，曾招攬賓客編《淮南鴻烈》（即《淮南子》），後因叛亂，自殺身亡。

《淮南子》為西漢劉安所編撰，今本有二十一篇，內含二十訓及一篇《要略》以作為總序之用。內容以闡述道家思想為主，雜揉儒、法、陰陽等各家思想，善以傳說、寓言說理。

74　棗與錯金：食用的棗子和鑄有花紋的金子。

75　野人：鄉下粗鄙無見識之人。

76　小者易知也：小的事理容易被知道了解。

77　其於大者難見：大的事理不易被知道了解。

78　趨利而不趨義：追求利益而不追求道義。

79　固其所闇：本來就不明白的道理。

〈人間訓‧塞翁失馬〉

近塞上[80]之人有善術者[81]，馬無故亡而入胡[82]，人皆弔[83]之，其父曰：「此何遽[84]不為福乎？」居數月，其馬將[85]胡駿馬而歸，人皆賀之，其父曰：「此何遽不能為禍乎？」家富良馬，其子好騎，墮而折其髀[86]，人皆弔之，其父曰：「此何遽不為福乎？」居一年，胡人大入塞，丁壯者控弦[87]而戰。近塞之人，死者十九。此獨以跛之故，父子相保。故福之為禍，禍之為福，化不可極[88]，深不可測也。

說明

福禍無常，惟以平常心視之。

---

[80] 近塞上：靠近邊塞一帶，或作近來邊塞附近。

[81] 善術者：擅長數術的人。

[82] 馬無故亡而入胡：馬無緣無故跑入胡地。

[83] 弔：弔問、安慰。

[84] 何遽：難道。反問詞。

[85] 將：帶領。

[86] 折其髀：折斷大腿骨。

[87] 控弦：拉開弓弦。

[88] 化不可極：冥冥中變化的道理不能窮究。

〈齊俗訓‧交淺言深〉

賓有見人於宓子[89]者，賓出，宓子曰：「子之賓獨有三過：望我而笑，是攘也[90]；談語而不稱師，是返也[91]；交淺而言深，是亂也[92]。」賓曰：「望君而笑，是公也[93]；談語而不稱師，是通也[94]；交淺而言深，是忠也[95]。」故賓之容一體也[96]，或以為君子，或以為小人，所自視之異也[97]。

說明

　　對同一件事，因為立場或觀點不同，會產生殊異的看法與結論。

〈江海魏闕〉

　　中山公子牟謂詹子[98]曰：「身處江海之上[99]，心在魏闕

89　宓子：即宓子賤，戰國人，孔子弟子。

90　望我而笑，是攘也：對著我笑，是簡慢的態度。攘：簡慢。

91　談語而不稱師，是返也：談話中不稱老師，是背叛的行為。返：背叛。

92　交淺而言深，是亂也：交情淺薄，卻談得很深入，是昏亂的行為。

93　望君而笑，是公也：望著您發笑，是公正的行為。

94　談語而不稱師，是通也：談話不稱老師，是通達的行為。

95　交淺而言深，是忠也：交情淺薄，卻談得深入是忠誠的表現。

96　賓之容一體也：客人的表現只有一種而已。

97　自視之異也：看的角度不同，自然會有差異。

98　中山公子牟謂詹子：魏牟對詹何說話。詹子：即詹何，道家人物。

99　身處江海之上：隱居在江海之中。

之下[100]，為之奈何[101]？」詹子曰：「重生。重生則輕利[102]。」中山公子牟曰：「雖知之，猶不能自勝[103]。」詹子曰：「不能自勝則從之[104]。從之，神無怨乎[105]！不能自勝而強弗從者[106]，此之謂重傷。重傷之人，無壽數[107]矣。」

故老子曰：「知和曰常，知常曰明，益生曰祥，心使氣曰強。[108]」

說明

喻示重生輕利、順應自然，不可壓抑。

〈道應訓・善呼者〉

昔者，公孫龍[109]在趙之時，謂弟子曰：「人而無能者，龍不能與遊[110]。」有客衣褐帶索[111]而見曰：「臣能呼。」

---

[100] 心在魏闕之下：心裡卻嚮往著宮闕中的生活。

[101] 為之奈何：如何處理呢？

[102] 重生則輕利：重視生存就會輕視利害關係。

[103] 猶不能自勝：尚且不能控制自己的慾望。

[104] 不能自勝則從之：不能控制慾望，就順從它。

[105] 神無怨乎：精神沒有怨恨嗎？

[106] 不能自勝而強弗從者：不能控制慾望，又不願勉強順從的人。

[107] 無壽數：沒有長壽的。

[108] 知和曰常，知常曰明，益生曰祥，心使氣曰強：明白祥和，就是「常」，懂得「常」就是「明」，增進生活享受就是一種「祥」──災害，用私心役使精神就是「強」──逞強。

[109] 公孫龍：字子秉，戰國時趙人，有名辯士，與惠施同為名家代表。

[110] 與遊：與他相交往。

[111] 衣褐帶索：穿著粗布衣，以繩繫腰。

公孫龍顧弟子曰：「門下故有能呼者乎？」對曰：「無有。」公孫龍曰：「與之弟子之籍[112]。」後數日，往說燕王，至於河上，而航[113]在一汜[114]。使善呼之[115]，一呼而航來。故：「聖人之處世，不逆[116]有伎能之士。故《老子》曰：『人無棄人，物無棄物[117]，是謂『襲明』[118]。」

天生我材必有用，任何技能皆有適當發揮的時候。

〈說山訓・雖暇不能學〉

東家母死，其子哭之不哀[119]。西家子見之，歸謂其母曰：「社何愛速死[120]？吾必悲哭社[121]。」夫欲其母之死者，雖死亦不能悲哭矣。謂學不暇[122]者，雖暇亦不能學[123]矣。

---

112 與之弟子之籍：將他登入弟子名冊中，列為弟子。

113 航：船。兩船相連為航，此指單船。

114 汜：水涯、水邊。

115 使善呼之：即「使善呼者呼之」之意。

116 逆：拒絕。

117 人無棄人，物無棄物：天底下沒有一個人是絕對無能而該放棄的，也沒有一樣物是絕對無用而該放棄的。

118 襲明：因人之明，即因襲人之才智。

119 哭之不哀：哭得不夠哀傷。

120 社何愛速死：母親何不快點死去。社：江淮一帶稱母親為「社」。愛：吝惜。

121 吾必悲哭社：我一定哀傷地為母親哭泣。

122 學不暇：沒有時間學習。暇：空閒，時間。

123 雖暇亦不能學：雖然有空閒時間，也不會好好學習。

說明

沒有誠心，無法成事。

〈説山訓‧躄盲相助〉

寇難至[124]，躄者告盲者[125]，盲者負而走[126]，兩人皆活，得其所能也[127]，故使盲者語，使躄者走，失其所也[128]。

說明

擷長補短，能避禍殃；各展才華，必能互惠。

〈楚人烹猴〉

楚人有烹猴而召其鄰人，以為狗羹也而甘之[129]，後聞其猴也，據地而吐之，盡瀉其食[130]。此未始知味者也[131]。

邯鄲師有出新曲者，託之李奇[132]，諸人皆爭學之。後知其非也，而皆棄其曲。此未始知音者也[133]。

---

124 寇難至：寇賊災難到來。

125 躄者告盲者：跛腳者告訴瞎子如何逃難。

126 盲者負而走：瞎子揹著跛腳者逃走。

127 得其所能也：各自運用他們的能力。

128 失其所也：不能充分運用他們的能力。

129 以為狗羹也而甘之：以為是狗肉湯，吃時覺得非常甘美。

130 盡瀉其食：全部吐出來。

131 此末始知味者也：這種人不懂得什麼是美味。

132 託之李奇：古代善長製作樂曲的音樂家。

133 此末始知音者也：這種人不懂得什麼是音樂。

鄙人有得玉璞者，喜其狀以為寶而藏之[134]。以示人，人以為石也，因而棄之，此未始知玉者也[135]。

說明

缺乏品賞能力，只能人云亦云，隨眾人之好惡而生愛憎之心。

九、《史記》

司馬遷（西元前145-前86）字子長，夏陽人，為西漢有名的史學家，襲父職為太史公，遂開始撰寫《史記》，後為李陵辯解，遭處宮刑，遂發憤著書，成《史記》一書。

《史記》為西漢司馬遷所編撰，原名《太史公書》，是中國第一部紀傳體通史，凡一百三十篇，上起黃帝，下訖漢武帝，共記錄三千餘年歷史，採紀、表、書、世家、列傳五種體裁完成，體製宏大，成為後世史書仿作的範本，世稱《史記》為「史家之絕唱，無韻之《離騷》」，推崇備至，可見一斑。

〈秦始皇本紀第六·指鹿為馬〉

八月己亥。趙高[136]欲為亂，恐群臣不聽，乃先設驗[137]，持鹿獻於二世[138]。曰：「馬也。」二世笑曰：「丞相誤邪？謂鹿為馬。」問左右，左右或默，或言馬以阿順趙

---

[134] 以為寶而藏之：以為是寶物而珍藏它。

[135] 此未始知玉者也：這種人不懂得什麼是寶石。

[136] 趙高：趙國貴族，入秦為宦官，始皇死後，與李斯逼始皇長子扶蘇自殺，另立胡亥為帝。

[137] 設驗：設計試探。

[138] 二世：胡亥，秦始皇少子。

高，或言鹿（者）。高因陰中[139]諸言鹿者以法[140]。後群臣皆畏高。

　　居處在權勢與真理之間，面對顛倒是非黑白時如何選擇？是一種智慧。能不逢迎拍馬、欺瞞眾人需要道德勇氣。

〈范睢蔡澤列傳・危如累卵〉

　　晉靈公造九層之台，費用千金，謂左右曰：「敢有諫者斬。」

　　荀息聞之。上書求見。靈公張弩持矢見之[141]。曰：「臣不敢諫也，臣能累十二博棋，加九雞子其上。」公曰：「子為寡人作之。」荀息正顏色，定志意，以棋子置下，加九雞子其上。左右懼懾息[142]，靈公氣息不續[143]。公曰：「危哉！危哉！」荀息曰：「此殆不危也，復有危於此者[144]！」公曰：「願見之。」荀息曰：「九層之台，三年不成，男不耕，女不織，國用空虛，鄰國謀議將興，社稷亡滅，君欲何望[145]？」靈公曰：「寡人之過也，乃至於此！」即壞九層台也。

---

[139] 陰中：暗中。

[140] 以法：處死。

[141] 張弩持矢見之：張開弓箭接見他。

[142] 左右懼懾息：左右侍從害怕地不敢呼吸。

[143] 氣息不續：屏氣凝神。

[144] 復有危於此者：還有比這個更危險的事。

[145] 君欲何望：國君您還有什麼想望呢？

說明

> 靈公濫用民力，必遭覆亡；荀息善用智慧化解國家危機。

十、《說苑》

　　劉向（西元前77-前6）原名更生，字子政，成帝時改名「向」，漢代沛縣（江蘇）人，為漢王朝宗室。生平整理圖書古籍，著述甚豐，撰《別錄》是我國目錄學之祖，今存《說苑》、《新序》及《列女傳》等書傳世。

　　《說苑》為劉向編輯而成，內容有二十卷，凡七百八十四則，全書乃編輯先秦兩漢之歷史故事、民間傳說、遺聞佚事等史事傳說，雜以議論而成，是一本借古證今，闡述儒家治國之理的書籍，具有強烈的諷諫及勸諭性。

〈臣術・諫君之方〉

　　簡子[146]有臣尹綽、赦厥。簡子曰：「厥愛我。諫我必不於眾人中[147]；綽也不愛我，諫我必於眾人中。」尹綽曰：「厥也愛君之醜而不愛君之過也[148]；臣愛君之過而不愛君之醜。[149]」

說明

> 替你文過飾非的人非真心愛你；惟有糾正過失，才是真誠護持者。

---

[146] 簡子：春秋末期晉國大夫趙鞅。

[147] 諫我必不于眾人中：一定不在眾人面前進諫我的過錯。

[148] 愛君之醜而不愛君之過也：指赦厥愛簡子的醜態，不關心他的過失。

[149] 臣愛君之過而不愛君之醜：指尹綽關心君王過失，而不在意醜態。

〈建本・炳燭學習〉

晉平公問於師曠曰：「吾年七十，欲學恐已暮[150]矣。」師曠曰：「何不炳燭[151]乎？」平公曰：「安有為人臣而戲其君[152]乎？」師曠曰：「盲臣安敢戲其君乎！臣聞之，少而好學如日出之陽，壯而好學如日中之光，老而好學如炳燭之明，炳燭之明孰與昧行[153]乎？」平公曰：「善哉！」

說明

學習不分早晚，只要肯學，終必有用。

〈正諫・追女失妻〉

趙簡子舉兵而攻齊，令軍人有敢諫者罪至死[154]。被甲之士名曰公盧，望見簡子大笑。簡子曰：「子何笑？」對曰：「臣有宿笑[155]。」簡子曰：「有以解之則可[156]，無以解之則死。」對曰：「當桑之時[157]，臣鄰家夫與妻俱之田[158]，見桑中女，因往追之，不能得，還反。其妻怒而

---

[150] 欲學恐已暮：想學習怕年紀太大。

[151] 何不炳燭：為何不點蠟燭學習。

[152] 安有為人臣而戲其君：豈有臣子戲弄國君？

[153] 炳燭之明孰與昧行：蠟燭光亮雖有限，總比黑暗中行進來得好。昧行：黑夜中行走。

[154] 敢諫者罪至死：膽敢進諫者，處以死罪。

[155] 臣有宿笑：我有一件好笑的事情。宿：舊的。

[156] 有以解之則可：有理由解釋就可以免死。

[157] 當桑之時：正當採桑的季節。

[158] 夫與妻俱之田：丈夫與妻子一同到桑田裡工作。

去之。臣笑其曠[159]也。」簡子曰：「今吾伐國失國，是吾曠[160]也。」於是罷師而歸。

說明

思慮不周全，因小失大。

〈談叢・梟將東徙〉

梟[161]逢鳩[162]。鳩曰：「子將安之[163]？」梟曰：「我將東徙[164]。」鳩曰：「何故？」梟曰：「鄉人皆惡我鳴，以故東徙。」鳩曰：「子能更鳴[165]可矣；不能更鳴，東徙猶惡子之聲[166]。」

說明

本質不改，無益於事。

〈雜言・甘戊渡河〉

甘戊使於齊，渡大河。船人曰：「河水間[167]耳，君不自

---

[159] 臣笑其曠：我笑他因此成為無妻的曠男。

[160] 吾曠：我將因此而失去國家。

[161] 梟：鳥名，鴟鴞科鳥類。

[162] 鳩：鳩鴿科鳥類的通稱，其狀似鴿，頭小胸凸，灰色有斑紋，尾短翼長。

[163] 子將安之：你要去哪裡呢？

[164] 東徙：遷往東邊。

[165] 更鳴：更改叫聲。

[166] 惡子之聲：厭惡你的叫聲。

[167] 河水間：指河流狹窄湍急。間：間隙。

渡，能為王者之說[168]乎？」甘戊曰：「不然！不知也！物各有短長：謹願敦厚，可事君，不施用兵[169]；騏驥騄駬，足及千里[170]，置之宮室使之捕鼠，曾不如小狸；干將為利，名聞天下[171]，匠人以治木，不如斤斧。今持楫而上下隨流[172]，吾不如君子；說千乘之君、萬乘之主[173]，子亦不如戊矣。」

人必有長，量才適用才能擷長補短，發揮效用。

十一　《新序》

　　劉向（西元前77-前6）原名更生，字子政，成帝時改名「向」，漢代沛縣（江蘇）人，為漢王朝宗室。生平整理圖書古籍，著述甚豐，撰《別錄》是我國目錄學之祖，今存《說苑》、《新序》及《列女傳》等書傳世。

　　《新序》為西漢劉向編輯先秦迄漢初典籍而成的書籍，原有三十卷本，今存十卷本，有〈雜事〉五卷、〈刺者〉一卷、〈節士〉一卷、〈義勇〉一卷、〈善謀〉二卷，凡一百八十三則，內容採編可輔佐君王治國之言行故事為主，寓意深刻、故事生動，敘事簡明。

---

[168] 能為王者之說：替國君到他國遊說。

[169] 謹願敦厚，可事君，不施用兵：恭謹忠誠者，可以輔佐君王，卻不能帶兵打仗。

[170] 騏驥騄駬，足及千里：千里馬能夠日行千里。

[171] 干將為利，名聞天下：干將名劍鋒利，天下聞名。

[172] 持楫而上下隨流：拿船槳隨河流上下划動前進。

[173] 說千乘之君、萬乘之主：遊說各種大大小小國家的君王。

〈卷一雜事・孫叔敖埋蛇〉

孫叔敖為嬰兒[174]時，出遊，見兩頭蛇，殺而埋之，歸而泣。其母問其故，叔敖對曰：「聞見兩頭之蛇者死。向者[175]吾見之，恐去母而死也。」其母曰：「蛇今安在？」曰：「恐他人又見，殺而埋之矣。」其母曰：「吾聞有陰德[176]者天報以福[177]，汝不死也。」及長，為楚令尹，未治而國人信其仁[178]也。

說明

有陰德者必有福報。

〈卷二雜事・反裘負芻〉

魏文侯出遊，見路人反裘而負芻[179]，文侯曰：「胡為反裘而負芻？」對曰：「臣愛其毛。」文侯曰：「若不知里盡而毛無所恃[180]邪？」

說明

凡事不可本末倒置，輕根本而重表象。

---

174 嬰兒：指年少時。

175 向者：剛才。

176 陰德：指私下為善，不為人知。

177 天報以福：上天降福。

178 未治而國人信其仁：尚未治理國家，人民就相信他是有仁德的人。治：管理，治理。

179 反裘而負芻：反穿皮衣，挑著糧草。芻，餵牲口之草料。

180 里盡而毛無所恃：指皮衣內裡損壞則皮毛無所依附。里：同「裡」指皮衣內裡。

〈卷四雜事・伏虎射石〉

昔者楚熊渠子[181]夜行，見寢石[182]，以為伏虎，關弓而射之[183]，滅矢飲羽[184]，下視知石也，卻復射之，矢摧無跡[185]。

說明

精誠所致，金石為開。

〈卷四雜事・宋就灌瓜〉

梁[186]大夫有宋就[187]者，嘗為邊縣令[188]，與楚鄰界。梁之邊亭[189]與楚之邊亭，皆種瓜，各有數。梁之邊亭人劬力[190]，數灌其瓜，瓜美；楚窳而稀灌其瓜[191]，瓜惡。楚令因以梁瓜之美，怒其亭瓜之惡也。楚亭人心惡梁亭之賢己，因夜往竊搔[192]梁亭之瓜，皆有焦死者矣。梁亭覺之，因

---

[181] 楚熊渠子：西周楚國國君熊渠子。

[182] 寢石：堆在地上的石頭。寢：臥，倒。

[183] 關弓而射之：拿起彎弓射地上的石頭。關：同「彎」。

[184] 滅矢飲羽：箭射入石頭之中，連箭羽皆看不見。

[185] 矢摧無跡：弓箭毀損而石頭無射痕。

[186] 梁：即魏國，戰國七雄之一。魏惠王遷都大梁，故稱之。

[187] 宋就：人名。

[188] 邊縣令：邊境上的縣令。

[189] 邊亭：古時邊地設亭駐兵以防敵寇。

[190] 劬力：勤勞努力。

[191] 楚窳而稀灌其瓜：指楚人懶惰很少灌溉瓜果。

[192] 竊搔：偷偷用指甲劃破瓜果。

請其尉[193]，亦欲竊往報搔楚亭之瓜，尉以請宋就。就曰：「惡[194]！是何可，搆怨召禍之道也。人惡亦惡，何褊[195]之甚也！若我教子，必每暮令人往，竊為楚亭夜善灌其瓜，令勿知也。」於是梁亭乃每暮夜，竊灌楚亭之瓜，楚亭旦而行，瓜則又皆以灌矣，瓜日以美。楚亭怪而察之，則乃梁亭也。楚令聞之，大悅，因具以聞楚王，楚王聞之，怵然愧[196]，以意自閔[197]也。告吏曰：「徵搔瓜者[198]，得無有他罪乎？此梁之陰讓也。」乃謝[199]以重幣，而請交於梁王。楚王時則稱說[200]梁王，以為信，故梁楚之歡，由宋就始。語曰：「轉敗而為功，因禍而為福。」老子曰：「報怨以德。」此之謂也。夫人既不善，胡足效哉！

說明

凡事以德報怨，必能遏止禍端。

三、班婕妤

　　班婕妤，生卒年不詳，是班況之女，班彪之姑，成帝時選為嬪

---

193 尉：這裡指亭長。

194 惡：驚歎詞，表示非常地驚訝。

195 何褊：為何器量如此狹小。

196 怵然愧：憂思羞愧的樣子。

197 以意自閔：察覺自己很糊塗。

198 徵搔瓜者：訪查破壞瓜果的人。

199 謝：謝罪、致歉。

200 時則稱說：時時稱說。

妃，拜婕妤，為宮中女官，秩比列侯，因成帝寵信趙飛燕姐妹，乃退居長信宮侍奉太后。

〈秋扇見捐〉

新裂齊紈素[201]，鮮潔如霜雪。裁為合歡扇，團團似明月，出入君懷袖，動搖微風發。常恐秋節至，涼飆奪炎熱[202]，棄捐篋笥中[203]，恩情中道絕。

說明

夏逝秋來，紈扇見捐。以扇喻人，恩情斷絕。

三、《新論》

桓譚（西元前23-西元56）字君山，兩漢之際沛國相（安徽淮北）人。多才博學，因反讖緯之學觸怒漢光武帝，貶為六安縣丞，死於途中。

《新論》，桓譚所著，原書二十九篇，已佚，清嚴可均輯入《全後漢文》中，得三卷十六篇，內容思想以反對神仙、讖緯之學為主，內含一些寓言故事。

〈求輔·薛翁相馬〉

薛翁者，長安善相馬者也。於邊郡求得駿馬，惡貌而

---

201 新裂齊紈素：新裁剪齊地出產的白絲布。

202 涼飆奪炎熱：秋風蕭瑟趕走夏天的炎熱。

203 棄捐篋笥中：拋棄在置衣箱裡。

正走[204]，名驥子。騎以入市，去來人不見也[205]。後勞問之[206]，因請觀馬。翁曰：「諸卿無目[207]，不足示也。」

說明

不以相貌取人，才能掄得真才。

〈牛夔爭走〉

聲氏之牛夜亡而遇夔[208]，止而問焉：「我有四足，動而不善[209]；子一足而超踊[210]，何以然？」夔曰：「以吾一足，王於子矣[211]。」

說明

專注一力，必勝不專者。

丟　《漢書》

班固（32-92）字孟堅，東漢扶風安陵（陝西咸陽）人，因父親班彪撰《史記後傳》未成，班固繼承遺志，歷時二十餘年完成《漢書》。另撰有《白虎通義》。

---

204 惡貌而正走：形象雖醜陋，卻非常會奔跑。

205 去來人不見也：大家來來去去都視若無睹。

206 後勞問之：後來有人問起這匹馬。

207 諸卿無目：大眾沒有眼力。

208 聲氏之牛夜亡而遇夔：聲家的牛，夜晚逃跑出來遇見了夔。

209 動而不善：跑得不夠快。

210 子一足而超踊：你只有一隻腳，卻能夠跳躍得迅速。

211 王于子矣：勝過你。王：勝過。

　　《漢書》，東漢班固撰，共一百卷，爲我國第一部紀傳體斷代史，與司馬遷史記並稱「史漢」，是漢代史書雙璧。

〈霍光金日磾傳‧曲突徙薪〉

　　客有過主人者，見其灶直突[212]，傍有積薪[213]，客謂主人，更爲曲突[214]，遠徙其薪[215]，不者且有火患[216]。主人嘿然不應[217]。俄而[218]家果失火，鄰里共救之，幸而得息。於是殺牛置酒，謝其鄰人，灼爛者在於上行[219]，餘各以功次坐，而不錄[220]言曲突者。人謂主人曰：「鄉使聽客之言，不費牛酒，終亡火患。今論功而請賓，曲突徙薪亡恩澤，燋頭爛額爲上客耶？」主人乃寤而請之[221]。

說明

有功無賞，不知是非本末。

----

[212] 直突：高直的煙囪。突，煙囪。

[213] 積薪：堆積的木柴。

[214] 更爲曲突：改變煙囪的方向。

[215] 遠徙其薪：將木柴搬遠。

[216] 不者且有火患：不這樣做，會引發火災。

[217] 嘿然不應：默不回應。

[218] 俄而：不久。

[219] 上行：上座。

[220] 不錄：不酬謝、不安排。

[221] 寤而請之：領悟道理，宴請當初提出建議的人。

〈西南夷傳‧夜郎自大〉

滇王[222]與漢使[223]言：「漢孰與我大？」及夜郎侯亦然。各自以一州王[224]，不知漢廣大。

說明

喻人偏守一隅，不知天下之大。

大、張衡

張衡（78-139）字平子，東漢南陽西鄂（河南南陽）人，是漢代著名的科學家與文學家。文學以賦成就最高，有〈思玄賦〉、〈歸田賦〉、〈髑髏賦〉等作品。

〈髑髏賦〉

張平子將遊目於九野[225]，觀化於八方[226]。顧見髑髏[227]，委於路旁。平子悵然而問之：「子將並糧推命[228]，以夭逝乎？本喪此土，流遷來乎[229]？為是上知，為是下愚[230]？」

答曰：「吾宋人也，姓莊名周。遊心方外，不能自

---

222 滇王：漢代雲南王，在今雲南保山一帶。

223 漢使：漢朝使者。

224 一州王：只是一州之王。

225 遊目於九野：遊覽九州。

226 觀化於八方：觀賞各地的風俗教化。

227 顧見髑髏：回頭看見一具骷髏。

228 並糧推命：缺乏糧食而死。

229 本喪此土，流遷來乎：本來死於此，抑是被搬遷過來的。

230 下愚：下等愚昧之人。

修[231]。公子何以問也？」對曰：「我欲告之於五岳，禱之於神祇，起子素骨，反之四支[232]。」髑髏曰：「死為休息，生為役勞。冬之冰凝，何如春冰之消？況我已化[233]，與道逍遙，與陰陽同其流，元氣合其樸。雲漢為川池，星宿為珠玉，雷電為鼓扇，日月為燈燭。合體自然，無情無欲，不行而至，不疾而速[234]。」

說明

　　以髑髏反映道家對生死的看法，說明死亡是一種休息，也是一種與天地同化的心靈自由的享有。

六、朱穆

　　朱穆（110-163）字公叔，漢代陽宛（河南南陽市）人，好學篤志，舉孝廉，官至尚書。有文集二卷，今存〈崇厚論〉、〈絕交論〉等篇。

〈北山有鴟〉

　　北山有鴟，不潔其翼。飛不正向[235]，寢不定息[236]。飢則木

---

[231] 遊心方外，不能自修：拋開世俗的羈絆，享受自由。

[232] 反之四支：重新屈伸四肢。反：恢復。支：同「肢」。

[233] 況我已化：何況我已經和大地同化了。

[234] 不疾而速：不加力量便能快速行走。

[235] 飛不正向：飛翔的方向不正確。

[236] 寢不定息：睡覺也不固定作息時間。

攬，飽則泥伏。饕餮貪汙[237]，臭腐是食。填腸滿嗉[238]，
嗜欲無極。長鳴呼鳳，謂鳳無德。鳳之所趣[239]，與子異
域[240]。永從此決，各自努力。

> **說明**

> 以鷗鵶貪汙對比鳳凰之高潔，喻示道不同不相為謀。

芺 《風俗通義》

應劭（約153-196），字仲遠，東漢汝南郡人，博學多識，為東
漢知名學者，靈帝（168-188）時舉孝廉，曾任泰山郡太守，著有
《漢官儀》、《風俗通義》等十一種。

《風俗通義》，又稱《風俗通》，應劭撰。原書二十三卷，今
存十卷，附錄一卷。內容以記錄神話異聞、考論典禮、糾正流俗為
主，並存錄泰山封禪軼事，詳載岱廟史料。

〈怪神・鮑君神〉

有於田得麞者[241]，其主未敢取也[242]。商車十餘乘，經澤中
行[243]，望見此麞著繩，因持去。念其不事，持一鮑魚置

---

[237] 饕餮貪污：貪吃汙穢的東西。
[238] 填腸滿嗉：填滿了肚腸。
[239] 鳳之所趣：鳳凰志向高潔。
[240] 與子異域：與你不同方向。
[241] 田得麞者：田獵時捕獲隻野麞。麞：獐。
[242] 未敢取也：不敢拿取。
[243] 經澤中行：經過這片沼澤地。

其處。有頃其主往[244]，不見所得，反見鮑魚，澤中非人道路[245]，怪其如是，大以為神。轉相告語，治病求福，多有效驗。因為起祠舍[246]，眾巫數十，帷帳鐘鼓。方數百里，皆來禱祀，號鮑君神。其安數年，鮑君主來，歷祠下尋問其故，曰：「此我魚也，當有何神？」上堂取之，遂從此壞。

説明

不求本源，以訛傳訛，謬誤甚矣。

〈東食西宿〉

齊人有女，二人求之[247]，東家子醜而富，西家子好而貧。父母疑不能決[248]，問其女：「定所欲適[249]，難指斥言者[250]，偏袒[251]，令我知之」。女便兩袒，怪問其故。云：「欲東家食，西家宿。」

説明

魚與熊掌不可得兼，愛情與麵包不可兼而有之。

---

[244] 有頃其主往：過了一會兒，他的主人回來。

[245] 澤中非人道路：沼澤地不是常人來往之地。

[246] 起祠舍：建造祠廟。

[247] 二人求之：同時有二人向她求婚。

[248] 疑不能決：猶豫不能決斷。

[249] 定所欲適：決定嫁到那一家。適，「到」或「往」之意，此指「嫁」的意思。

[250] 難指斥言者：不好意思說出來。

[251] 偏袒：舉手。

第四章
魏晉南北朝時期

一、《晉書》

　　《晉書》爲唐貞觀二十年（646）編修之晉代史書，歷時三年，凡一百三十卷，有帝紀十卷、志二十卷、列傳七十傳、載記三十卷，記載西、東晉歷史，起自司馬懿，止於晉恭帝元熙二年（420），並以「載記」三十卷記錄十六國政權興亡歷史。

〈列傳第十三·樂廣傳·杯弓蛇影〉

　　嘗有親客[1]，久闊[2]不復來，廣問其故，答曰：「前在，蒙賜酒，方欲飲，見杯中有蛇，意甚惡之[3]，既飲而疾。」於時河南聽事壁上有角，漆畫作蛇，廣意杯中蛇即角影也。復置酒於前處，謂客曰：「酒中有所見否？」答曰：「所見如初。」廣乃告其所以，客豁然意解[4]，沉痾頓愈[5]。

說明

　　未能分辨事情真象，卻被假象所迷惑，疑心生暗鬼作祟之下，致久病不癒。惟有洞悉事情本真，才不會迷失自我。

二、《南史》

　　李大師（570-628）南朝末年由隋入唐之史學家，相州人（今河

1　親客：指關係親密的客人。
2　久闊：分別許久。
3　意甚惡之：內心非常地厭惡。
4　豁然意解：忽然解開心中的心結。
5　沉痾頓愈：久治不癒之病，突然痊癒。

南安陽）。因見南朝四史各自獨立，缺乏聯繫，且詳略不同，往往失實，遂打破斷代之限制，綜述南北朝各代歷史，統一體例，書未成而死，由其子李延壽繼續完成。

李延壽（？），唐代安陽人，曾任太子典膳丞、崇賢館學士、御史台主簿，後官到符璽郎，兼修國史，曾參與《隋書》、《五代史志》（即經籍志）、《晉書》之修撰，後續完成南北史，爲唐代史學名家。

《南史》，記載南朝宋、齊、梁、陳四代一百七十年歷史的紀傳體通史之史書，起自宋武帝劉裕永初元年（420），終於陳後主禎明三年（589）。編寫者爲唐初李大師及其子李延壽，二人並合撰完成《北史》，與《南史》合稱《南北史》。《南史》內容包括本紀十卷、列傳七十卷，合爲八十卷，以紀傳體方式將帝王、宗室、諸王及重要大臣依傳編寫而成。

〈呂僧珍傳・千萬買鄰〉

初，宋季雅[6]罷[7]南康郡，市宅居僧珍宅側。僧珍問宅價，曰：「一千一百萬。」怪其貴，季雅曰：「一百萬買宅，千萬買鄰。」

說明

里仁為美，此所以孟母三遷，擇善鄰而處焉。

三 《笑林》

邯鄲淳，字子淑，三國時期魏國潁川陽翟人（今河南禹州），深

---

6 宋季雅：南朝梁時人。
7 罷：罷官，指告老還鄉。

受曹操敬重，魏黃初年間爲博士，官至給事中，因著〈投壺賦〉屬對精工，得魏文帝曹丕賞賜。博學有才，善長書法，工八體六書，惜墨蹟不傳。

　　《笑林》爲中國第一本笑話書，作者爲魏邯鄲淳，原書有三卷，今佚失不存，僅存二十九則散見《太平御覽》、《太平廣記》、《藝文類聚》等書。內容記錄笑話故事爲主，以諷刺愚庸滑稽之人、事。

〈傾家贍君〉

　　漢世有人年老，無子，家富，性儉嗇，惡衣蔬食，侵晨[8]而起，侵夜而息；營理產業，聚斂無厭[9]，而不敢自用[10]。或人從之求丐[11]者，不得已而入內取錢十，自堂而出，隨步輒減，比至於外，才餘半在，閉目以授乞者，尋復囑云：「我傾家贍君[12]，慎忽[13]他說，復相效而來。」老人俄死，田宅沒官，貨財充於內帑矣。

說明

　　錢爲身外之物，老人努力積累財貨，不懂得善用，只爲錢奴，一旦死後，所有的財產充公，生前鑽營有何益處。

8　侵晨：清晨。

9　聚斂無厭：

10　不敢自用：非常吝嗇不敢花錢。

11　求丐：乞討。丐，求。

12　傾家贍君：傾盡全家財產來濟助你。

13　慎忽：慎勿，不要。

〈一葉障目〉

楚人居貧，讀《淮南子》：「得螳螂伺[14]蟬自鄣葉[15]，可以隱形。」遂於樹下仰取葉。螳螂執葉伺蟬，以摘之。葉落樹下，樹下先有落葉，不能復分別，掃取數斗歸。一一以葉自鄣，問其妻曰：「汝見我不？」妻始時恆言[16]「見。」經日乃厭倦不堪，紿[17]云：「不見。」嘿然大喜[18]，齎葉入市[19]，對面取人物，吏遂縛詣縣[20]。縣官受辭[21]，自說本末，官大笑，放而不治[22]。

> **說明**
>
> 　　盡信書不如無書，何況讀書不求甚解，不知其意，螳螂捕蟬，以葉蔽形，是因顏色相近、形體小，而楚人居然學螳螂以葉蔽身，宜乎眾人見之。障眼法是自己內心被遮蔽，不是形體果真隱形不見。

14　伺：等候。

15　鄣葉：以葉子遮蔽身體。鄣通「障」，遮蔽。

16　恆言：常常說、總是說。

17　紿：欺騙。

18　嘿然大喜：心中很高興。嘿，同「默」。

19　齎葉入市：拿著葉子到市場上。市，市場。

20　詣縣：送到縣衙門。詣，往。

21　受辭：接受狀辭。

22　不治：不處治他的罪行。

〈膠柱鼓瑟〉

齊人就趙人學瑟，因[23]之先調膠柱而歸[24]，三年不成一曲，齊人怪之。有從趙來者，問其意，方知向人之愚[25]。

說明

諷刺拘泥而不知變通的人。

〈和羹〉

人有和羹[26]者，以杓嘗之，少鹽，便益之[27]。後復嘗之向杓中者，故云：「鹽不足。」如此數益升許鹽，故不鹹，因以為怪。

說明

諷刺不知變通，盲目行事的人。

四 曹植

曹植（192-232）字子建，沛國譙（安徽亳縣）人，曹操三子，封陳思，諡「思」，世稱陳思王。善詩歌辭賦，著作豐富，多用比興手法寄寓理想及不得抒展的抱負。

---

[23] 因：依循，依照。

[24] 先調膠柱而歸：事先用膠將弦柱固定就不必調音，變換音調。

[25] 方知向人之愚：才知道先前學瑟那人的愚蠢。

[26] 和羹：替羹湯加調味料。

[27] 便益之：就加了鹽。

〈七步詩〉

煮豆持作羹，漉菽以為汁[28]。萁在釜下燃[29]，豆在釜中泣，本是同根生，相煎何太急。

說明

> 諷刺兄弟相殘之悲。

五 阮籍

阮籍（210-263）字嗣宗，晉陳留尉氏（河南）人，曾任步兵校尉，世稱阮步兵。因不滿政治黑暗，縱酒佯狂，為竹林七賢之一，慕老莊思想，作風閒散，不拘禮法，後人輯其著作成《阮嗣宗集》。

〈大人先生傳・褌中群虱〉

群虱之處褌中[30]，逃乎深縫，匿乎壞絮，自以為吉宅也[31]。行不敢離縫際，動不敢出褌襠，自以為得繩墨也[32]。然炎丘火流[33]，焦邑滅都[34]，群虱處於褌中而不能出也。

君子之處域內[35]，何異夫虱之處褌中乎？

---

[28] 漉菽以為汁：過濾豆渣，留下清湯。

[29] 萁在釜下燃：豆莖在熱鍋下燃燒。

[30] 處褌中：藏匿在褲襠裡。

[31] 吉宅也：安全舒適的住處。

[32] 得繩墨也：得到處世的法則。

[33] 炎丘火流：火山熔岩流遍了丘陵地。

[34] 焦邑滅都：都市都燒毀。

[35] 處域內：生存在天地之間。

説明

　　群虱居褲襠之中猶如君子困天地之內，識見短小，自以為安全舒適。

〈詠懷八十二首・四十三・鴻鵠相隨飛〉

鴻鵠相隨飛，飛飛適荒裔[36]。雙翮臨長風[37]，須臾萬里逝。朝餐琅玕實[38]，又宿丹山際。抗身青雲中[39]，網羅孰能制[40]？豈與鄉曲士，攜手共言誓[41]。

説明

　　鴻鵠高飛，遠避羅網，志節高者不屑與平庸之輩相交。

六 《搜神記》

　　干寶（258-375）字令升，西晉新蔡人，為人聰慧，勤奮向學，博學強記，是著名史家、文學家。因有感父妾復生、兄長瀕死復活，遂知天地神鬼怪異之事非不可信，撰《搜神記》以述其奇遇怪聞。

　　《搜神記》為干寶編撰，內容搜奇誌怪、書寫的內容不僅包括奇聞異事、因果報應、五行厭勝、社會現況、佛道信仰、災異禎祥、託夢離魂、幽媾冥婚、占卜夢兆等內容，尚含攝許多歷史典故、神話傳

36　荒裔：偏僻的地方。

37　雙翮臨長風：張開雙翅迎風飛翔。

38　朝餐琅玕實：早餐吃珠樹的果實。琅玕：珠樹。李時珍《本草綱目・金石部》：「在山為琅玕，在水為珊瑚。」

39　抗身青雲中：奮身飛向青天白雲之中。

40　網羅孰能制：捕鳥的羅網怎能夠捕捉得到呢？

41　豈與鄉曲士，攜手共言誓：怎能與粗鄙淺陋之人，牽手共同發誓呢？

說、風土民俗、地理風物等，是六朝志怪小說的代表作。凡二十卷四百六十四則故事。

〈卷二十・玄鶴獻珠〉

噲參，養母至孝。曾有玄鶴，為弋人[42]所射，窮[43]而歸參。參收養，療治其瘡，癒而放之。後鶴夜到門外，參執燭視之[44]，見鶴雌雄雙至，各銜明珠，以報參焉。

說明

仁心有仁報，雖禽鳥亦懂得報恩。

〈焦湖一夢〉

焦湖廟有一柏枕，枕有小坼。時單父縣人楊林為賈客，至廟祈求。廟巫謂曰：「君欲好婚否？」林曰：「幸甚。」巫即遣林近枕邊，因入坼中。遂見朱門瓊室，有趙太尉在其中，即嫁女與林。生六子，皆為秘郎。歷數十年，並無思鄉之志。忽如夢覺，猶在枕旁，林愴然久之。

說明

人生若大夢一場，榮華富貴翻然成空。

---

42 弋人：獵鳥人。弋：帶有絲繩的箭。

43 窮：受傷力窮。

44 執燭視之：拿蠟燭照視。

七 陶潛

　　陶潛（約365-427）字元亮，一說字淵明，自號五柳先生，私諡靖節先生。東晉潯陽柴桑人（今九江市），家庭衰微，九歲喪父，少有大志，欲濟蒼生，仕宦十三年，因不爲五斗米折腰，解歸還鄉，耕讀自適，固窮守節，爲中國隱逸詩人之代表人物，詩歌以平淡沖和之田園詩爲後世稱譽，後世稱其爲「田園詩人」，是田園詩派之鼻祖。

〈形贈影〉

　　天地長不沒，山川無改時。草木得常理，霜露榮悴之。
謂人最靈智，獨復不如茲。適見在世中，奄去靡歸期。
奚覺無一人，親識豈相思？但餘平生物，舉目情悽洏。
我無騰化術，必爾不復疑，願君取吾言，得酒莫苟辭。

說明

　　〈形影神〉共有三首詩，內容借形、影、神三者互問互答來開展人生哲思。第一首以「形」之立場道出人類爲萬物之靈，卻不能長存不沒，遂借酒消愁。

〈影答形〉

　　存生不可言，衛生每苦拙。誠願游崑華，邈然茲道絕。
與子相遇來，未嘗異悲悅。憩蔭若暫乖，止日終不別。
此同既難常，黯爾俱時滅。身沒名亦盡，念之五情熱。
立善有遺愛，胡爲不自竭。酒云能消憂，方此詎不劣。

說明

　　第二首以「影」之立場回應「形」之困惑，指出酒能消憂，卻是短暫的，不若立功或名以延展有限形軀之困限。

〈神釋〉

大鈞無私力，萬理自森著。人為三才中，豈不以我故。
與君雖異物，生而相依附。結託善惡同，安得不相語。
三皇大聖人，今復在何處？彭祖愛永年，欲留不得住。
老少同一死，賢愚無復數。日醉或能忘，將非促齡具？
立善常所欣，誰當為汝譽？甚念傷吾生，正宜委運去。
縱浪大化中，不喜亦不懼，應盡便須盡，無復獨多慮。

説明

　　第三首以「神」回應「形」、「影」之困惑，指出老、少、賢愚皆必一死，雖立善，死後誰為之稱譽？縱稱譽復何用？倒不如順遂自己，在大化之中，不喜不懼，應盡便盡，何必對生命無常存念？何必憂生懼死？這種與大自然融合為一體的思想，既不為形骸所滯，亦不為身影所累，棄神仙道家與名教之追求而能委運全神，雖死而不亡，妙歸自然。

八　《符子》

　　符朗，南北朝時期前秦人，氐族，符堅姪子，曾督青、徐、兗三州軍事、刺史等職，喜經籍、論玄虛，後被讒致死，著有《符子》。

　　《符子》，符朗所著，原書散佚，今清人馬國翰《玉函山房輯佚書》中有輯本。

〈與狐謀皮〉

周人有愛裘而好珍羞[45]，欲為千金之裘而與狐謀其皮[46]，欲具少牢之珍[47]而與羊謀其饈[48]，言未卒[49]，狐相率逃於重丘[50]之下，羊相呼藏於深林之中。故周人十年不制一裘，五年不具一牢，何者？周人之謀失之。

說明

與利益相衝突的對象商議事情，必定謀事不成。

〈鄭人逃暑〉

鄭人有逃暑[51]於孤林之下者，日流影移，而徙衽以從陰[52]。及至暮，反席於樹下，及月流影移，復徙衽以從陰，而患露之濡於身[53]。其陰逾去[54]，而其身逾濕。是巧於用晝而拙於用夕矣[55]。

---

45 珍羞：精美食物。羞，同「饈」。
46 與狐謀其皮：和狐狸商議獻出狐皮做成裘衣。
47 少牢之珍：古代祭祀時所用的豬羊。
48 與羊謀其饈：和羊商議獻出羊肉作祭品。
49 言未卒：話尚未說完。
50 重丘：叢林深山。
51 逃暑：避暑。
52 徙衽以從陰：隨太陽的陰影而移動席子。
53 患露之濡於身：憂患露水沾濕自己的身體。
54 其陰逾去：樹影越移越遠。
55 巧於用晝而拙於用夕矣：白天避暑的方式很好，晚上的方法就顯得笨拙了。

說明

白天乘涼和晚上乘涼的方法不同，不懂得變通的人必遭禍殃。

〈射箭之術〉

夏王使羿射於方尺之皮、徑寸之的[56]。乃命羿曰：「子射之，中，則賞子以萬金之費[57]；不中，則削子以千邑之地[58]。」

羿容無定色，氣戰於胸中[59]，乃援弓而射之，不中；更射之，又不中。

夏王謂傅彌仁曰：「斯羿也，發無不中，而與之賞罰，則不中的，何也？」

傅彌仁曰：「若羿也，喜懼為之災[60]，萬金為之患矣[61]。人能遺其喜懼，去其萬金，則天下之人皆不愧於羿[62]矣。」

說明

心無雜念，潛心專志，必能有成。心有旁騖，必分心而無成。

---

[56]　的：箭靶。

[57]　費：貨幣。

[58]　削子以千邑之地：削減羿的千邑封地。

[59]　氣戰於胸中：呼吸急迫緊張。

[60]　喜懼為之災：歡喜和恐懼成為他憂患。

[61]　萬金為之患矣：萬兩黃金的賞賜成為他的禍患。

[62]　不愧於羿：與羿一樣可以成為神射手。

〈按圖訪馬〉

齊景公好馬，命畫工圖而訪之[63]，殫百乘之價[64]，期年而不得[65]。像過實也[66]。令使愛賢之君考古籍以求其人[67]，雖期百年[68]不可得也。

說明

> 以固定模式求訪人才，不知變通必定無成。

九　《異苑》

劉敬叔（390-470）南朝宋彭城（江蘇）人，東晉末年任郎中令，南朝宋時官至給事黃門侍郎，傳世有《異苑》一書。

《異苑》爲劉敬叔所撰，屬六朝志怪小說，是一本述奇誌怪的書籍，內容記載宗教信仰、遐方遠物、民情風物等。

〈山雞舞鏡〉

山雞愛其毛羽，映水則舞。魏武時，南方獻之，帝吹其鳴舞而無由[69]。公子蒼舒令置大鏡其前，雞鑑形[70]而舞不止。

---

63 命畫工圖而訪之：命令畫師畫出駿馬圖來挑選。
64 殫百乘之價：耗費百乘的價錢。
65 期年而不得：一整年也求訪不得。
66 像過實也：馬的圖像不真實。
67 考古籍以求其人：以古代典籍的標準去求訪人才。
68 期百年：超過百年。
69 無由：沒有方法。
70 鑑形：照鏡子。

說明

> 治其人以其道，必能成功。

〈鸚鵡滅火〉

有鸚鵡飛集他山，山中禽獸輒相愛重[71]。鸚鵡自念雖樂[72]，不可久也，便去。後數月，山中大火，鸚鵡遙見，便入水沾羽，飛而灑之。

天神言：「汝雖有志意，何足云也[73]！」對曰：「雖知不能救，然嘗僑是山[74]，禽獸行善，皆為兄弟[75]，不忍見耳。」

天神感嘉，即為滅火。

說明

> 意志堅強、心存仁善之人，人必助之。

十、《世說新語》

劉義慶（403-444），字季伯，南朝宋彭城人（今江蘇徐州），為劉宋宗室，襲封臨川王，先後歷任荊州刺史、江州刺史、南京刺史、都督和開封儀同三司等職。劉氏熱愛文學，撰有志怪小說《幽明錄》及與文士編輯《世說新語》。

---

[71] 輒相愛重：互相敬重相愛。

[72] 自念雖樂：自己知道住在這裡很快樂。

[73] 何足云也：有什麼能力滅火呢？

[74] 嘗僑是山：曾經寄住在那座山。

[75] 禽獸行善，皆為兄弟：那些野獸對我非常敬重相愛，都是我的好兄弟。

　　《世說新語》，南北朝時期志人小說，為劉義慶召集文士編寫而成，內容專載魏晉時期名人逸士之遺聞軼事、清談玄言、智慧應答、排調滑稽等事蹟。原書八卷，今存三卷本，分為三十六門，有德行、言語、政事、文學、方正、雅量等門類，保存魏晉時期重要的社會、思想、文學、佚聞等資料。

〈語言卷二十・支公好鶴〉

　　支公[76]好鶴，住剡東卬山[77]，有人遺[78]其雙鶴，少時[79]翅長欲飛，支意惜之，乃鎩其翮[80]。鶴軒翥[81]不復能飛，乃反顧翅垂頭，視之如有懊喪意。林[82]曰：「既有凌霄之姿[83]，何肯為人作耳目近玩[84]！」養令翮成，置使飛去。

說明

　　有沖天之志的鶴豈肯作為豢養的寵物？愛惜人才要懂得適時放手。

76　支公：支遁，晉朝和尚，姓關，名遁，字道林，世稱支公，亦稱林公。

77　剡東卬山：剡縣東邊的卬山。剡，今浙江省嵊縣西南。卬山，今浙江省會稽附近。

78　遺：饋贈。

79　少時：不久。

80　鎩其翮：剪除雙鶴翅膀硬羽。鎩，傷殘。翮，羽莖。

81　軒翥：振翅高飛。

82　林：即支遁。

83　凌霄之姿：直上雲霄的資質。凌，飛升。霄，天空。姿，通「資」。指資質、才能。

84　耳目近玩：作為耳目娛樂的親密寵物。

〈容止・左思出遊〉

潘岳妙有姿容，好神情[85]。少時挾彈[86]出洛陽道，婦人遇者，莫不連手共縈之[87]。

左太沖絕醜，亦復效岳遨遊[88]。於是群嫗齊共亂唾之[89]，委頓而返[90]。

說明

　　刻意模仿他人，形神不類，反遭唾棄。「醜男出遊」與「東施效顰」皆招致反效果。

〈支機石〉

有人尋河源，見婦人浣紗，問之，曰：「此天河也[91]。」乃與一石而歸。問嚴君平[92]，君平曰：「此支機石[93]也。」

說明

　　見識不廣見之人，易受矇騙。

---

[85] 好神情：指風神氣度爽朗。

[86] 挾彈：帶著打獵的弓箭。

[87] 連手共縈之：手牽著手，將他圍起來。

[88] 效岳遨遊：模仿潘岳出遊打獵。

[89] 齊共亂唾之：大家亂吐他口水。

[90] 委頓而返：氣餒地回來。

[91] 此天河也：這裡是天上的銀河。

[92] 嚴君平：漢代蜀人，善占卜。

[93] 支機石：墊織布機的石頭。

十一、《宋書》

沈約（441-513）字休文，南朝吳興武康人（今浙江德清西），身仕南朝宋、齊、梁三朝，自稱「少好百家之言，身為四代之史」，奉詔編寫《宋書》，是南朝重要的史學家及文學家，在文學詩歌方面提倡「四聲八病說」，影響後世詩歌格律化甚鉅。今有文集九卷傳世。

《宋書》記載南朝劉宋一代之紀傳體史書，為南朝沈約所撰，共一百卷，含本紀十卷、志三十卷、列傳六十卷，是一本記錄劉宋時期重要的史書。因內容輯錄典章制度、奏議書札、文獻資料甚多，為後來重要史料來源。

〈袁燦傳・狂泉〉

昔有一國，國中一水，號曰「狂泉」。國人飲此水，無不狂；惟國君穿井而汲[94]，獨得無恙[95]。國人既並狂，反謂國王之不狂為狂。於是聚謀，共執國主[96]，療其狂疾，火艾針藥[97]，莫不畢具。國主不任其苦，於是到泉所，酌水飲之，飲畢便狂。君臣大小，其狂若一，眾乃歡然。

說明

「眾人皆醉我獨醒，舉世皆濁我獨清」注定是一種孤寂，特異獨行，不容於世，必定被排擠，此時如何堅持自己的立場，需要智慧。

94　穿井而汲：鑿井取水。穿井，打井。汲，取水。

95　無恙：沒有生病。

96　執：捉住。

97　火艾針藥：中醫療法，施以艾草薰烤、針灸、藥物等治療。

亡、《弘明集》

僧佑（445-518）南朝梁建業人（今江蘇），幼隨父母進建初寺禮拜，樂佛不歸，遂出家入佛門，師事僧范，後至定林寺投入法達法師門下，再隨法穎深研律部，後成律師，精通律法。齊永明年間奉敕講《十誦律》及受戒之法，深得信眾信服著有《出三藏記》、《釋迦譜》、《弘明集》等書。

《弘明集》，南朝梁僧佑編撰，是一本收集東漢到南朝梁朝的佛教論述文集，凡十四卷，一百八十三篇，涉獵人物凡一百二十二人，內容以護持佛教思想為主，亦收非佛、疑佛、排佛之作，是重要佛教思想評論典籍。《弘明集》輯錄《牟子理惑論》為牟融所著，牟融（？—79）字子猶，東漢人，學識淵博，精通《尚書》學，累官至司隸校尉、太鴻臚、太尉等職，撰《牟子理融論》。

《牟子理惑論》相傳為牟融所撰，收入《弘明集》中，內容以調和儒、釋、道為主。

〈理惑論・對牛彈琴〉

公明儀為牛彈〈清角〉之操[98]，伏食如故。非牛不聞，不合其耳也。轉為蚊虻之聲[99]，孤犢之鳴[100]，即掉尾奮耳[101]，蹀躞[102]而聽。

説明

對牛彈琴，徒勞無功。

---

[98] 〈清角〉之操：古代高雅琴曲調名。操，琴曲之名。

[99] 虻：即牛蠅，吸人畜的血。

[100] 孤犢之鳴：離開母牛的小牛犢叫聲。

[101] 掉尾奮耳：搖動尾巴，豎起耳朵。

[102] 蹀躞：徘徊。

十三 《魏書》

　　魏收（505-572）字伯起，北齊鉅鹿下曲陽人（今河北晉縣西），身仕北魏、東魏、北齊三朝，二十六歲起開始典撰起居注，編修國史。北齊天保二年（551）敕命編撰魏史，歷三年完成一代大典，當時稱為盛事。

　　《魏書》記載北朝北魏一代之史書，為北齊魏收所撰，凡一百二十四卷，因卷帙浩大，分為一百三十篇，有本紀十二卷、列傳九十二卷、志二十卷。是保存北魏時期最重要的史料。

〈吐谷渾傳・阿豺折箭〉

　　阿豺有子二十人。……阿豺謂曰：「汝等各奉[103]吾一支箭。」折之地下。俄而命母弟慕利延曰：「汝取一支箭折之。」慕利延折之。又曰：「汝取十九支箭折之。」延不能折。阿豺曰：「汝曹[104]知否？單者易折，眾則難摧，戮力一心[105]，然後社稷可固[106]。」

說明

團結力量無人可破。

---

103 奉：拿著。奉，同「捧」。
104 汝曹：你們。
105 戮力一心：合力齊心。
106 社稷可固：國家可長治久安。社，土神；稷，穀神。社稷合為「國家」之代稱。

〈徒手博虎〉

可悉陵年十七，從世祖獵[107]，遇一猛虎，陵遂空手搏之以獻[108]。世祖曰：「汝才力絕人，當為國立事[109]，勿如此也。」

說明

> 智勇之人應為國效勞，非空手搏虎以贏美名。

古、《百喻經》

《百喻經》又稱《痴華鬘》、《百句譬喻經》，為一本印度佛教寓言集，由中天竺和尚譯於南齊時期（約5世紀）。內有二卷，包括九十八則寓言故事，以愚人為喻，揭示求道過程之愚痴妄想以宣講佛法之精義。

〈三重樓喻〉

往昔之世，有富愚人，疾無所知[110]，到余富家，見三重樓，高廣嚴麗軒敞疏朗。心生渴仰，則作是念：「我有錢財不減於彼，云何頃來而不造作如是之樓？」即喚木匠而問言曰：「解作彼家端正否不？」木匠答曰：「是我所作。」即便語言：「今可為我造樓如彼。」是時木

---

[107] 獵：打獵。

[108] 搏之以獻：徒手搏虎，獻給國君。

[109] 當為國立事：應當為國盡忠效力。

[110] 疾無所知：憂患自己沒有知識、智慧。

匠即便經地，壘墼作樓[111]。愚人見其壘墼作舍，猶懷疑
惑不能了知，而問之言：「欲作何等？」木匠答言：
「作三重屋。」愚人復言：「我不欲下二重之屋，先可
為我作最上屋。」木匠答言：「無有是事。何有不作最
下重屋而得造彼第二之屋？不造第二，云何得造第三重
屋？」愚人固言：「我今不用下二重屋，必可為我作最
上者。」

說明

　　未有地基，焉致高樓？萬丈高樓平地起，凡事必有根基才能積
累有成。

〈醫治脊僂喻〉

譬如有人，卒患脊僂，請醫療治，醫以酥塗，上下著
板，用力痛壓，不覺雙目一時並出。

說明

治駝以板壓平，乃治標不治本之喻。

罡、《金樓子》

　　蕭繹（508-554）字世誠，小字七符，自號金樓子，為南朝梁
武帝蕭衍七子，初封湘東王，後侯景陷台城，自立於江陵，是為元
帝。為人性猜忌，眇一目，好讀書，善五言歌詩，藏書有十四萬卷

111　壘墼作樓：打地基建造樓房。

之豐，喜著述，凡二十餘種，四百多卷，今存《金樓子》及《職貢圖》。

《金樓子》，梁元帝蕭繹所編寫，原書十卷十五篇，今存六卷十四篇，乃輯自《永樂大典》，內容多引證、採集先秦、漢、晉之思想及佚聞，內容博雜，內有簡賅之寓言故事，發人深思。

〈楚富〉

楚富者，牧羊九十九而願百[112]，嘗訪邑里故人[113]。其鄰人貧有一羊者，富拜之曰：「吾羊九十九，今君之一，盈成我百[114]，則牧數足矣[115]。」

說明

貪者不足，雖九十九隻羊亦覺不足；足者不貪，雖一隻亦足矣。

〈獻香齅婦〉

昔玉池國有民，婿面大醜，婦國色鼻齅[116]。婿乃求媚[117]此婦，終不肯回。遂買西域無價名香而熏之，還入其室。

---

[112] 願百：希望能湊成一百隻羊。

[113] 邑里故人：鄰里親朋好友。

[114] 今君之一，盈成我百：你一隻羊送我，便可湊成百隻羊。

[115] 牧數足矣：牧羊的數字就夠了。指了足心願。

[116] 齅：鼻塞。

[117] 求媚：討好。

婦既齄矣，豈分香臭哉？世有不適物[118]而變通求進[119]，盡
皆此類也。

說明

　　贈人以物必須適合對象所需，不可出於主觀臆想，而不設想對
方的需求。

〈越人救溺〉

昔有假人於越[120]而救溺子[121]，越人雖善游，子必不生[122]
矣。

說明

　　捨近求遠，事必不成。

六　《劉子》

　　劉晝（514-565），字孔昭，北齊渤海阜城人，好道家之言，著
有《劉子》十卷，善取譬說理。

　　《劉子》，北齊劉晝所撰，內容以道家思想揭示治國安民之法，
針砭社會時弊，並提出「清神」、「防慾」、「去情」等主張，善用
故事、典故來論證事理。

---

[118] 不適物：不適合的東西。
[119] 變通求進：謀求變通改進。
[120] 假人於越：請求越國人幫忙。假：借。
[121] 救溺子：救出溺水的兒子。
[122] 子必不生：兒子必定不會活。

〈思順・貫鼻牽牛〉

今使孟説引牛之尾，尾斷膞裂[123]，不行十步。若環桑之
條[124]，以貫其鼻，縻以尋綯[125]，被髮童子騎而策之，風於
廣澤，恣情所趨[126]。何者？十步之行，非遠於廣澤；被
髮之童，非勇於孟説[127]，然而近不及遠，強不如弱者，
逆之與順也。

凡事不可強求，順其自然，必能事半功倍。

〈貪愛・貪小失大〉

昔蜀侯性貪，秦惠王聞而欲伐之。山澗峻嶮[128]，兵路不
通。乃琢石為牛，多與金帛置牛後，號「牛糞之金」，
以遺[129]蜀侯。蜀侯貪之，乃塹山填谷[130]，使五丁力士以迎
石牛[131]。秦人歸師隨後而至。滅國亡身為天下所笑，以
貪小利失其大利也。

---

[123] 尾斷膞裂：尾巴斷裂，膝骨碎裂。

[124] 環桑之條：綑桑樹的繩子。

[125] 縻以尋綯：用一尋（八尺）長的繩子束縛。

[126] 恣情所趨：任意的快走。

[127] 非勇於孟説：不是比孟賁勇敢。

[128] 峻嶮：山高艱險。嶮，同「險」。

[129] 遺：贈送。

[130] 塹山填谷：挖鑿山路，填平低谷。

[131] 五丁力士：五位古代神話中的大力士。

説明

諷刺貪小失大者。

〈知人・公輸刻鳳〉

公輸之刻鳳也，冠距未成[132]，翠羽未樹[133]，人見其身者，
謂之鷺鵠[134]；見其首者，名曰鵁鶄[135]。皆訾其醜而笑其
拙[136]。及鳳之成，翠冠雲聳，朱距電搖[137]，錦身霞散，綺
翮焱發[138]。翽然一翥[139]，翻翔雲棟，三日而不集[140]。然後
贊其奇而稱其巧。

説明

觀察事理不可片面察看，必須全面才不會偏失。

七 《殷芸小說》

　　殷芸（471-529）字灌蔬，南齊陳郡長平（河南省西華縣）人，
南朝齊時為參軍，梁朝曾任昭明太子蕭統侍讀、秘書監等職，編有
《殷芸小說》一書。

---

[132] 冠距未成：鳳冠和腳爪未完成。

[133] 翠羽未樹：綠色羽毛尚未裝置。

[134] 鷺鵠：白色似鷹之鳥類。

[135] 鵁鶄：水鳥。

[136] 訾其醜而笑其拙：嘲笑它醜陋笨拙。

[137] 朱距電搖：紅色腳爪閃著亮光。

[138] 綺翮焱發：美麗的羽毛像火花迸發。

[139] 翽然一翥：突然振翅高飛。

[140] 三日而不集：盤旋三天也不會落下來。

　　《殷芸小說》爲殷芸奉南朝梁武帝之命，博採故實，輯錄成三十卷，內容以歷史傳說故事爲多，編寫以時代爲序，先述帝王之事，再記周漢之事，後止於南齊。今散佚不存，僅存《續談助》、《說郛》諸書中。魯迅《古小說鉤沈》輯錄一百三十餘則。

〈喜舞瓮破〉

　　有貧人止能辦只瓮之資，夜宿瓮中，心計曰：「此瓮賣之若干，其息已倍矣。我得倍息，遂可販二瓮。自二瓮而爲四，所得倍息，其利無窮。」遂喜而舞，不覺瓮破。

說明

　　腳踏實地勝過虛誇想像。

第五章

唐宋時期

一、王梵志

　　王梵志（？-217）隋末迄初唐衛州黎陽（河南浚縣）人，生平不詳。《桂苑叢談》卷八十二記錄王梵志生於隋末，由王德祖於枯樹中收養。王梵志善以白話詩歌諷刺世態人心，具有懲惡勸善之效，風格諧趣，寄嘻笑於瑣談之中，寓佛理於淺俗之內，對當時頗有教化作用。其後有寒山、拾得、豐干等人受其影響，踵繼其風格繼續書寫嘲戲諧謔之白話通俗詩歌。今《全唐詩》不見錄，敦煌寫本發現後，才引發國內外重視。王梵志之詩歌大約於八、九世紀詩歌傳到日本，今日本平安朝時代編《日本見在書目錄》載有王梵志詩二卷，可見當時流傳之廣，影響之普遍。

〈城外土饅頭〉

　　城外土饅頭，餡草在城裡。一人吃一個，莫嫌沒滋味。

　說明

　　造語平淡卻深寓哲思，喻示人必有死，終必人各一塚，則繁華事散，回歸平常、平淡。

〈他人騎大馬〉

　　他人騎大馬，我獨跨驢子。回顧擔柴漢，心下較些子[1]。

　說明

　　以騎馬、騎驢為喻，指出人心不足，常羨慕他人比自己好，等

1　些子：寬心。

待看到比自己差者，才心下著實一點。喻示人生境遇有順有逆，不必欣羨他人比自己好，要能知足常樂，比上不足，比下卻有餘，告訴我們要把握、珍惜自己擁有的，不必去羨慕自己沒有的。

二、寒山

　　寒山（約691-793）唐代長安人，出身門第世家，投考不第，徹悟世情出家，三十歲隱於浙東天台山，相傳年百餘。寒山之詩歌白話通俗，世俗詩以抒情詠懷、諷世勸俗爲主，義理詩以雜揉佛、儒、道教之思想爲主，尤以佛理爲多。詩風與王梵志一脈相承，日本、韓國亦流傳其詩，可見其詩被愛賞的程度。

　　　　鹿生深林中，飲水而食草。伸腳樹下眠，可憐無煩惱。
　　　　繫之在華堂，餚饌極肥好，終日不肯嘗，形容轉枯槁。

說明

　　野鹿生長深林，食草飲水，自由無煩惱，取繫華堂高屋，雖有肥饌佳肴，卻因不自由以致形體枯槁，用來喻示物種各有生長的場域，移居他地，縱有華屋美食，不得優遊自在，反不快樂。

三、張九齡

　　張九齡（678-740），字子壽，唐代韶州曲江（廣東韶關市）人，爲人忠耿盡職、直言敢諫，是唐玄宗「開元之治」的名相。文學善五言古詩，語言質精，寄寓深遠，一脫初唐六朝綺靡詩風，號爲「嶺南第一人」。

<h2 style="text-align:center">〈詠燕〉</h2>

海燕何微眇[2]，乘春亦暫來。豈知泥滓賤[3]，只見玉堂開。
繡戶時雙入，華軒日幾回，無心與物競，鷹隼莫相猜。

說明

> 以海燕無心與物相競，鷹隼不必猜忌，喻示持志淡泊與世無爭的心態。

四　陳子昂

陳子昂（659-700）字伯玉，唐代梓州射洪（四川謝洪縣）人，曾任右拾遺，後世稱陳拾遺。二十四歲舉進士，官麟台正字，武后當政，直言敢諫，遭忌下獄，後隨武攸宜從軍二次，深解民心疾苦，後因父老告歸，居喪期間爲權臣武三思構罪，羅織下獄，冤死獄中。詩倡興寄，一掃六朝綺靡，詩風高雅清淡，名作有〈登幽州台歌〉及〈感遇〉三十八首，今有《陳子昂集》傳世。

<h2 style="text-align:center">〈感遇‧翡翠巢南海〉</h2>

翡翠巢南海，雄雌珠樹林。何知美人意，驕愛比黃金。
殺身炎州[4]裡，委羽玉堂陰。旖旎光首飾[5]，葳蕤[6]爛錦

2　微眇：輕微。

3　泥滓賤：原為泥垢渣滓，此比喻地位卑下。

4　炎州：南方地名，在南海中。

5　旖旎光首飾：指翡翠羽毛可製作華美的首飾。

6　葳蕤：形容羽毛豐美紛披。

衾。豈不在遐遠[7]，虞羅[8]忽見尋。多材信為累，歎息此珍禽。

　　表層意義以鳥之遭逢感喟作喻。翡翠鳥因有稀世毛羽，雖遠在南海仍無法脫逃被捕捉的命運，將繽紛綺麗的羽毛呈獻富貴人家，作成首飾、錦衾，光華披紛，綺麗增豔。如果翡翠鳥無此斑斕華豔之羽毛，必不遭捕捉，用來喻示有材為累。對照陳子昂生平，曾因武三思為剷除異己被羅織下獄，遂有「多材為累」之歎，實有寓寄避禍遠身之意。

五 李白

　　李白（71-762）字太白，號青蓮居士，唐四川綿州彰明縣（四川江油）人，善詩歌，有「詩仙」之稱，與杜甫合稱「李杜」。唐文宗御封李白詩歌、裴旻劍舞、張旭草書為「三絕」。二十歲辭親遠遊，開展一生漫遊，干謁名流，冀能獲得引薦，躍登仕途施展抱負。天寶元年由道士吳筠推薦，唐玄宗召為供奉翰林學士，因忤權貴遭受讒言，於天寶三年（744）排擠出京，此後漫遊於江淮之間。李白詩歌氣勢雄渾，想像瑰奇，語言流轉，存詩一千餘首，有《李太白集》傳世，是我國偉大詩人之一。

〈山鷓鴣詞〉

　　苦竹嶺頭秋月輝，苦竹南枝鷓鴣飛。嫁得燕山胡雁婿，欲銜我向雁門歸。山雞翟雉來相勸，南禽多被北禽欺。

7　遐遠：遙遠。
8　虞羅：虞人捕鳥的羅網。虞，指虞人，古代掌管山澤園囿之官。

紫塞嚴霜為劍戟[9]，蒼梧[10]欲巢難背違。我心折死不能
去，哀鳴驚叫淚沾衣。

說明

南禽山鷓鴣鳥嫁北雁，恐不耐嚴霜，又被北禽所欺，遂啼哭不
去，喻寄情勢有不得已者，或謂南姬嫁北人悲啼折死不肯去。一說
李白自喻，不肯依人而仕。不管二說何者為真，皆李白深有寄寓之
意。

六 杜甫

　　杜甫（712-770）字子美，自號少陵野老，唐河南鞏縣（今鄭
州鞏義）人。曾任檢校工部員外郎、左拾遺，故世稱杜工部、杜拾
遺。詩藝精湛高超，憫時憂國，有「詩聖」之稱，內容多反映民生疾
苦、社會現象，有「詩史」之譽，是我國偉大詩人之一。杜甫各體兼
備，尤善五七律詩，無論聲律、對仗、煉字皆達成熟完備階段，做詩
時善將體裁進行開創性敘寫，樂府詩間接促成中唐新樂府運動之發
展，今有《杜工部集》傳世。

〈義鶻行〉

陰崖有蒼鷹，養子黑柏顛。白蛇登其巢，吞噬恣朝餐。
雄飛遠求食，雌者鳴辛酸。力強不可制，黃口[11]無半存。
其父從西歸，翻身入長煙。斯須[12]領健鶻，痛憤寄所

9　紫塞嚴霜為劍戟：指北方酷寒，如劍戟般苦寒刺人。

10　蒼梧：縣名，在廣西東南方，此指南方。

11　黃口：指幼雛。

12　斯須：片刻，一會兒。

宣[13]。斗上捩孤影[14]，噭哮[15]來九天。修鱗脫遠枝，巨顙拆老拳[16]。高空得蹭蹬[17]，短草辭蜿蜒[18]，折尾能一掉，飽腸皆已穿，生雖滅眾雛，死亦垂千年。物情可報復，快意貴目前，茲實鷙鳥最，急難心炯然。功成失所往，用舍何其賢！近經滈水湄[19]，此事樵夫傳。飄蕭覺素髮，凜欲衝儒冠[20]。人生許與分[21]，只在顧盼間。聊為義鶻行，永激壯士肝。

說明

鶻鳥為老鷹向白蛇報仇，表現道德義氣，用來喻示義薄雲天若魯仲連之輩，義氣可感。

七、《法苑珠林》

道世（？-683）唐京兆（西安）人，俗姓韓，字亦惲，學識淵博，善律學，持戒甚嚴，著述甚豐，另有《諸經要籍》、《四分律討要》、《四分律尼鈔》、《金剛經集注》等書。

《法苑珠林》爲唐代釋道世於總章元年（668）編寫完成。凡百卷，一百篇，據佛教典籍編纂而成，全書百餘萬字，博引佛教經、

13 痛憤寄所宣：指雄鷹悲憤地向鶻鳥控告宣訴白蛇之惡行。

14 斗上捩孤影：指鶻鳥一飛沖天，遠影在高空。斗，同陡，忽然。捩，飛轉。

15 噭哮：大聲呼叫。

16 巨顙拆老拳：指鶻鳥以爪翼凌厲攻擊白蛇。巨顙：大額頭，此指白蛇之頭。

17 高空得蹭蹬：白蛇從高空重重地掉落地面。

18 短草辭蜿蜒：指白蛇不能在草堆中屈曲行進。

19 滈水湄：長安杜陵附近的水濱。

20 凜欲衝儒冠：聽樵夫講訴這個故事，只覺凜然起敬，頭髮衝冠。

21 人生許與分：指人與人之間彼此承諾的情分。許與：承諾；分：情分。

律、論凡四百多種，是一本彙編佛法教義精華之書，內含佛教思想、法數、術語等，是一本佛教重要文獻典籍。

〈卷五三・愚戇篇・雜痴部・猴子救月〉

過去世[22]時，有城名波羅奈，國名伽尸。於空閒處有五百獼猴，遊行林中。到一尼俱律樹下[23]，樹下有井，井中有月影現時，獼猴主見是月影，語諸伴言：「月今日死落在井中，當共出之，莫令世間長夜闇冥[24]。」共作計議言云：「何能出？」獼猴主言：「我知出法：我捉樹枝，汝捉我尾，展轉相連，乃可出之。」時諸獼猴即如主語，展轉相捉，小未至水，連獼猴重，樹弱枝折，一切獼猴墮井水中。爾時樹神便說偈言：「是等騃榛獸[25]，痴眾共相隨，坐自生苦惱，何能救出月？」

說明

　　井中有月乃月之影子，猴王救月，不僅無智慧且庸人自擾，多此一舉，而群猴不辨是非，亦愚痴相隨。

八　《朝野僉載》

　　張鷟字文成，生卒年不詳，約武后至玄宗前期時人，善著述，以文章名世，另有唐傳奇〈游仙窟〉、《龍筋鳳髓判》等作品。

---

[22] 過去世：佛教有三世：過去、現在、未來。「過去世」指過去的世界。
[23] 尼俱律樹：樹名。
[24] 闇冥：黑暗無光。
[25] 騃榛獸：愚笨的野獸。騃，愚蠢。

　　《朝野僉載》爲唐人張鷟編撰，內容廣記唐代前期，尤以武后朝之朝野遺聞軼事，含社會風俗、典章制度、民生疾苦、人物事蹟等，然紀事失之荒誕瑣雜，且多媟語，爲後世詬病。

〈卷二・愚人失袋〉

　　昔有愚人入京選[26]，皮袋被賊盜去，其人曰：「賊偷我袋，將終不得我物用。」或問其故，答曰：「鑰匙尚在我衣帶上，彼將何物開之？」

說明

　　鑰匙爲啓物之用，無鑰匙難道不能啓物？愚人不能通變，且參加國家銓選，暗諷庸官不知權變。

九 韓愈

　　韓愈（768-824）字退之，唐河陽（河南孟州）人，世稱韓昌黎，諡「文」又稱韓文公。倡古文運動，蘇軾稱其「文起八代之衰，道濟天下之溺」，與柳宗元合稱「韓柳」，爲古文八大家之一。早年困頓，刻苦好學，有經世之志，曾諫迎佛骨，貶潮州刺史，後移袁州。歷任國子祭酒、兵部侍郎、吏部侍郎、京兆尹等職。善詩文，所撰之散文氣勢雄渾，詩歌則奇詭怪新，有「百代文宗」之稱譽，今有《昌黎先生文集》。

26　入京選：進京參加銓選，中選將授予官職。

〈毛穎傳〉

毛穎者，中山人[27]也。其先明視[28]，佐禹治東方土，養萬物有功，因封於卯地，死為十二神[29]。嘗曰：「吾子孫神明之後，不可與物同，當吐而生。」已而果然。明視八世孫（鵕兔）[30]，世傳當殷時居中山，得神仙之術，能匿光使物，竊姮娥、騎蟾蜍入月，其後代遂隱不仕云。居東郭者曰（𤡣兔）[31]，狡而善走，與韓盧[32]爭能，盧不及，盧怒，與宋鵲[33]謀而殺之，醢其家[34]。

秦始皇時，蒙將軍恬[35]南伐楚，次中山，將大獵以懼楚。召左右庶長與軍尉，以《連山》筮之[36]，得天與人文之兆[37]。筮者賀曰：「今日之獲，不角不牙，衣褐之徒[38]，缺口而長鬚[39]，八竅而趺居[40]，獨取其髦[41]，簡牘是資[42].

---

[27] 中山人：在今溧水，盛產兔毫。

[28] 明視：兔子的別名。

[29] 十二神：指十二生肖，兔子屬卯。

[30] 鵕兔：兔子

[31] 𤡣兔：狡兔之名，善跑。

[32] 韓盧：韓國良犬之名，善跑。

[33] 宋鵲：宋國良犬之名，善跑。

[34] 醢其家：全家剁成肉醬。

[35] 蒙將軍恬：相傳毛筆為秦國名將蒙恬發明。

[36] 《連山》筮之：用《易經》卜卦。連山，夏代稱《易經》之名。筮，用蓍草卜卦。

[37] 兆：徵兆

[38] 衣褐之徒：穿粗布衣的平民。衣，穿著，當動詞用。

[39] 缺口：指兔子缺嘴為三角形。

[40] 趺居：蹲踞。

[41] 獨取其髦：只取其長毫，雙關意謂是同儕中的豪傑之士。髦，長毫。

[42] 資：依靠、憑藉。

天下其同書，秦其遂兼諸侯乎！」遂獵，圍毛氏之族，拔其豪，載穎而歸，獻俘於章臺宮，聚其族而加束縛焉。秦皇帝使恬賜之湯沐，而封諸管城，號曰管城子，曰見親寵任事。

穎為人，強記而便敏[43]，自結繩之代以及秦事，無不纂錄。陰陽、卜筮、占相、醫方、族氏、山經、地志、字書、圖畫、九流、百家、天人之書，及至浮圖、老子、外國之說，皆所詳悉。又通於當代之務，官府簿書、市井貸錢注記，惟上所使。自秦皇帝及太子扶蘇、胡亥、丞相斯、中車府令高，下及國人，無不愛重。又善隨人意，正直、邪曲、巧拙，一隨其人。雖見廢棄，終默不泄。惟不喜武士，然見請，亦時往。累拜中書令，與上益狎，上嘗呼為中書君[44]。上親決事，以衡石自程，雖官人不得立左右，獨穎與執燭者常侍，上休方罷。穎與絳人陳玄、弘農陶泓，及會稽褚先生友善，相推致，其出處必偕。上召穎，三人者不待詔，輒俱往，上未嘗怪焉。

后因進見，上將有任使，拂試之，因免冠謝。上見其髮禿，又所摹畫不能稱上意。上嘻笑曰：「中書君老而禿，不任吾用。吾嘗謂中書君，君今不中書邪？」對曰：「臣所謂盡心者。」因不復召，歸封邑，終於管城。其子孫甚多，散處中國夷狄，皆冒管城，惟居中山者，能繼父祖業。

---

[43] 強記而便敏：口才辯給無礙，行動敏捷迅速。

[44] 中書君：掌管奏疏之官吏，雙關意謂其書寫的功能。

太史公曰：毛氏有兩族。其一姬姓，文王之子，封於毛，所謂魯、衛、毛、聃者也。戰國時有毛公、毛遂。獨中山之族，不知其本所出，子孫最為蕃昌[45]。《春秋》之成，見絕於孔子[46]，而非其罪。及蒙將軍拔中山之豪，始皇封諸管城，世遂有名，而姬姓之毛無聞。穎始以俘見，卒見任使，秦之滅諸侯，穎與有功，賞不酬勞，以老見疏[47]，秦真少恩哉。

説明

　　以擬人法將毛筆一生遭遇擬作毛穎一生，其功業彪炳，因老見疏，表層意義諷刺秦始皇刻薄寡恩，實則諷寫因老廢退之士，以見君王之寡恩。

〈雜詩四首・其一〉

朝蠅不須驅，暮蚊不可拍；蠅蚊滿八區，可盡與相格？
得時能幾時，與汝悠啜咋？涼風九月到，掃不見蹤跡。

説明

　　寫朝蠅暮蚊到處充斥，待九月涼風一到，末見蹤跡，喻示得幸能有幾時？

---

[45] 蕃昌：子嗣繁衍。
[46] 見絕於孔子：相傳孔子作《春秋》，魯哀公十四年獲麟，逐絕筆不書。
[47] 以老見疏：因老廢退不用。

〈雜詩四首・其二〉

鵲鳴聲楂楂[48]，烏噪聲攫攫[49]，爭鬥庭宇間，持身搏彈射。
黃鵠能忍飢，兩翅外不擘[50]，蒼蒼雲海路，歲晚將無獲？

說明

　　烏鵲噪鳴，爭鬥庭宇，能不為彈弓所獲？而黃鵠忍飢，歲晚終
必有獲。喻示激進必罹禍，守忍必有成。

十、柳宗元

　　柳宗元（773-819），字子厚，唐河東人（山西永濟），與韓愈
倡導古文運動，並稱「韓柳」。博學淵洽，文采華麗，因坐王叔文
黨，永貞元年（805）貶邵州，十一月加貶永州（湖南陵零）司馬，
此期間有名作〈永州八記〉。元和十年（815）春回京師，又出為柳
州刺史，因政績卓著，後卒於柳州任所，世稱柳柳州。著作有詩文凡
六百餘篇，散文議論辛辣犀利，遊記寫景清新脫俗，詩歌則清麗流
轉，今有《柳河東集》傳世。

〈蝜蝂傳〉

　　蝜蝂[51]者，善負小蟲也。行遇物，輒[52]持取，卬[53]其首負

48　楂楂：指鵲的鳴叫聲。

49　攫攫：指烏鴉的叫聲。

50　不擘：不飛。

51　蝜蝂：傳說是一種黑色小蟲。

52　輒：總是。

53　卬：同昂，抬頭。

之。背愈重,雖困劇[54]不止也。其背甚澀[55],物積因不散,卒躓仆[56]不能起。人或憐之,為去其負。苟能行,又持取如故。又好上高,極其力不已[57],至墜地死。

今世之嗜取者,遇貨[58]不避,以厚[59]其室,不知為己累也,唯恐其不積。及其怠而躓[60]也,黜棄[61]之,遷徙[62]之,亦以病[63]矣。苟能起,又不艾[64]。日思高其位[65],大其祿[66],而貪取滋甚,以近於危墜。觀前之死亡不知戒,雖其形魁然大者也,其名人也,而智則小蟲也。亦足哀夫!

說明

遇物恆取,躓仆亦取,至死不止,諷刺人貪婪無所不取。

---

[54] 困劇:極度疲困。

[55] 澀:艱澀。

[56] 躓仆:跌倒。

[57] 極其力不已:用盡力氣也不肯停止。

[58] 貨:財物。

[59] 厚:增加。

[60] 怠而躓:疲倦到跌倒。

[61] 黜棄:撤職。

[62] 遷徙:降職。

[63] 病:困頓。

[64] 不艾:不停止。

[65] 高其位:獲得更高的職位。

[66] 大其祿:獲得更多的俸祿。

〈答韋中立論師道書・蜀犬吠日〉

僕往聞庸蜀之南[67]，恆雨少日，日出則犬吠，余以為過言[68]。前六七年，僕來南，二年[69]冬，幸大雪[70]，踰嶺[71]，被南越中數州[72]；數州之犬皆蒼黃吠噬[73]，狂走者累日[74]，至無雪乃已。然後始信前所聞者。

說明

庸蜀地區多霧少有陽光，犬見大雪狂叫數日，喻少見多怪。

〈羆說〉

鹿畏貙[75]，貙畏虎，虎畏羆[76]。羆之狀，被髮人立[77]，絕有力[78]而甚害人[79]焉。楚之南有獵者，能吹竹為百獸之音[80]。

---

[67] 庸蜀之南：在庸蜀二地南方，亦即在今湖北東南及四川成都一帶。庸：古國名，為楚國滅，在今日湖北竹山東南。蜀：古國名，在今日四川成都一帶。

[68] 過言：誇大言詞。

[69] 二年：指唐憲宗元和二年（西元807年）。

[70] 幸大雪：遇到大雪。幸，不期而遇。

[71] 踰嶺：大雪橫越五嶺。五嶺指越城、都龐、萌渚、騎田、大庾嶺。

[72] 被南越中數州：指大雪覆蓋的範圍大，包括南越數州。被，覆蓋。

[73] 蒼黃吠噬：指狗非常的驚恐，到處亂叫亂咬。蒼黃，同「倉皇」。噬，咬。

[74] 累日：數日，好幾天。

[75] 貙：野獸，狀似狗，紋似貓。

[76] 羆：又稱人熊、馬熊。

[77] 被髮人立：像人一樣披著毛髮站立。

[78] 絕有力：非常有力氣。

[79] 甚害人：非常會傷害人。

[80] 能吹竹為百獸之音：能用竹管吹出很多種野獸的叫聲。

昔云，持弓矢罌火[81]，而即之山，為鹿鳴以感其類[82]，伺
其至[83]，發火而射之。貙聞其鹿也，趨而至[84]。其人恐，
因為虎而駭之[85]。貙走而虎至，愈恐，則又為羆，虎亦亡
去[86]。羆聞而求其類，至則人也。捽搏挽裂[87]而食之。
今夫不善內而恃外[88]者，未有不為羆之食[89]也。

說明

　　獵人欲憑藉著會吹出各種猛獸聲音來驅趕眼前猛獸，反被獸
食，以毒制毒反被毒害。喻示無真才實學而依恃小伎倆避禍，終未
能全身而退。

〈三戒〉并序

　　吾恆惡世之人[90]，不知推己之本[91]，而乘物以逞[92]。或依勢

81　罌火：火藥。
82　為鹿鳴以感其類：發出鹿鳴聲，召喚同類。
83　伺其至：等牠到來。
84　趨而到：迅速跑來。
85　因為虎而駭之：因此發出老虎的叫聲來恫嚇貙。
86　虎亦亡去：老虎快速跑開。
87　捽搏挽裂：抓住撕裂。
88　不善內而恃外者：沒有實際本領，憑恃外在的小伎倆。
89　未有不為羆之食：沒有不被羆吃掉。
90　恆惡世之人：往往厭惡世上的人。恆，常常，往往。
91　推己之本：推求自己本來的面目。
92　乘物以逞：憑藉他物來逞能。

以干非其類[93]，出技以怒強[94]，竊時以肆暴[95]，然卒迫於禍[96]。有客談麋、驢、鼠三物，似其事，作〈三戒〉。

〈三戒·臨江之麋〉

臨江[97]之人，畋[98]得麋麑[99]，畜[100]之入門，群犬垂涎，揚尾皆來。其人怒，怛[101]之。自是日抱就犬[102]，習示[103]之，使勿動。稍使與之戲。積久[104]，犬皆如人意。麋麑稍大，忘己之麋也，以為犬良我友，牴觸偃仆[105]，益狎[106]。犬畏主人，與之俯仰甚善[107]，然時啖其舌[108]。三年，麋出門，見外犬在道甚眾，走欲與為戲。外犬見而喜且怒，共殺食之，狼藉道上[109]。麋至死不悟。

---

[93] 依勢以干非其類：仗勢來欺負非同類者。干，求取。

[94] 出技以怒強：展現技能以招怒強者。

[95] 竊時以肆暴：趁機肆意地施暴。

[96] 卒迫於禍：最後終於遭受災禍。卒，最後；迫，達到，遭受。

[97] 臨江：地名，在今江西清江一帶。

[98] 畋：打獵。

[99] 麋麑：泛指小鹿。麋，鹿的一種；麑，小鹿。

[100] 畜：飼養。

[101] 怛：恐嚇、嚇唬。

[102] 日抱就犬：每天抱著小鹿靠近狗。

[103] 習示：反覆示意。

[104] 積久：日子久了。

[105] 牴觸偃仆，指鹿跟狗很親熱的在一起玩耍。偃仆，倒在地上。

[106] 狎：親近。

[107] 與之俯仰甚善：指狗與小鹿嬉戲非常的友好。

[108] 啖其舌：舔自己的舌頭。

[109] 狼藉道上：指麋鹿屍體遍陳路上。狼藉，本義是狼窩裡的草，引申為亂七八糟。

說明

　　麋鹿有主人依恃，狗不敢動之；麋鹿不悟自己非犬類，出外被群犬殺食。不能弄清自己的本真，依勢求生存，終不能遠災。

〈三戒·黔之驢〉

　　黔無驢[110]。有好事者[111]船載以入，至則無可用，放之山下。虎見之，尨然大物也[112]，以為神，蔽林間窺之，稍出近之，憖憖然[113]莫相知[114]。他日，驢一鳴，虎大駭，遠遁，以為且噬[115]己也，甚恐。然往來視之，覺無異能[116]者，益習其聲[117]，又近出前後，終不敢搏[118]。稍近，益狎，蕩倚衝冒[119]，驢不勝怒[120]，蹄[121]之。虎因喜，計[122]之曰：「技止[123]此耳。」因跳踉大㘛[124]，斷其喉，盡其肉，

---

[110] 黔無驢：指黔地不出產驢子。黔，地名在今貴州。

[111] 好事者：喜歡生事的人。

[112] 尨然大物：體積龐大的動物。尨，同龐。

[113] 憖憖然：戒慎恐懼的樣子。

[114] 莫相知：不知驢子是什麼動物。

[115] 噬：吃掉。

[116] 覺無異能：察覺沒有特殊的本領。

[117] 益習其聲：更加習慣牠的聲音。

[118] 搏：搏鬥。

[119] 蕩倚衝冒：碰撞冒犯。

[120] 不勝：非常。

[121] 蹄：用蹄子踢。當動詞用。

[122] 計：打量，估算。

[123] 止：只

[124] 跳踉大㘛：跳躍並大聲吼叫。

乃去。

噫！形之尨也，類[125]有德，聲之宏也，類有能，向[126]不出其技，虎雖猛，疑畏，卒[127]不敢取。今若是焉，悲夫！

說明

> 虛張聲勢，無真實本領終必招禍。

〈三戒‧永某氏之鼠〉

永[128]有某氏者，畏日[129]，拘忌異甚。以為己生歲直子[130]，鼠，子神[131]也。因愛鼠，不畜貓犬。禁僮勿擊鼠，倉廩[132]庖廚[133]，悉以恣鼠[134]不問。

由是鼠相告，皆來某氏，飽食而無禍。某氏室無完器，椸[135]無完衣，飲食大率鼠之餘也。晝累累[136]與人兼行[137]，

---

[125] 類：好像。

[126] 向：如果。

[127] 卒：最後。

[128] 永：即永州，在今屬湖南省零陵縣。

[129] 畏日：指迷信日子的吉凶，怕犯忌日。

[130] 生歲直子：生年正好是子年。直，同「值」。

[131] 子神：子年的神，肖鼠。

[132] 倉廩：糧倉。

[133] 庖廚：廚房

[134] 悉以恣鼠：任由老鼠放肆往來。悉，都。恣，任由。

[135] 椸：衣架。

[136] 累累：成群結隊。

[137] 兼行：並行，一起行走。

夜則竊齧鬥暴[138]，其聲萬狀[139]，不可以寢，終不厭。

數歲，某氏徒居他州。後人來居，鼠為態如故。其人曰：「是陰類[140]惡物也，盜暴尤甚[141]，且何以至是乎哉！」假五六貓，闔門，撤瓦，灌穴，購僮羅捕[142]之，殺鼠如丘[143]，棄之隱處，臭數月乃已。

嗚呼！彼以其飽食無禍為可恆[144]也哉！

| 說明 |

　　老鼠因舊主人寵忌，肆無忌憚逞凶，換了主人之後依然故我，終被撲殺殆盡，喻示人須居安思危。

十一　劉禹錫

　　劉禹錫（772-842）字夢得，唐彭城（今江蘇徐州）人，曾任監察御史，坐王叔文黨，貶朗州司馬，晚年回洛陽，任太子賓客加檢校禮尚書，死後追贈戶部尚書，善詩文，有「詩豪」之稱，世稱「劉賓客」。存詩八百餘首，題材廣泛，曾汲巴蜀民歌成「竹枝詞」，清新自然，情趣盎然；刺諷詩則託物言志，含蓄不露；懷古詩則弔古傷今，情韻綿麗。

---

[138] 竊齧鬥暴：偷吃食物並且激烈的打鬥。

[139] 其聲萬狀：發出千奇百怪的聲音。

[140] 陰類：老鼠在陰暗的地下活動，故稱為陰類。

[141] 盜暴尤甚：偷盜、糟蹋東西更厲害。

[142] 購僮羅捕：雇用僮僕以網圍捕。

[143] 殺鼠如丘：殺掉的老鼠堆積像小山丘一樣高，極力形容老鼠之多。

[144] 可恆：可以永久享有。

《全唐詩‧卷三四五‧昏鏡詞序》

鏡之工列十鏡於賈區[145]。發奩而視，其一皎如，其九霧如[146]。或曰：「良苦之不侔[147]甚矣。」工解頤謝曰：「非不能盡良也。蓋賈之意，唯售是念，今夫來市者，必歷鑑周睞，求與己宜，彼皎者不能隱芒杪之瑕[148]，非美容不合是用，什一其數[149]也。」余感之，作昏鏡詞。

昏鏡非美金[150]，漠然喪其晶[151]，陋容多自欺，謂若它鏡明。瑕疵既不見，妍態隨意生。一日四五照，自言美傾城[152]。飾帶以紋繡，裝匣以瓊瑛。秦宮豈不重，非適乃為輕[153]。

說明

鏡子鑑人太清反而不被喜歡，暗諷眾人喜歡逢迎之人。

〈養鷙詞〉并引

途逢少年，志在逐獸，方呼鷹隼，以襲飛走。因縱觀

---

145 賈區：賣物之市場。

146 霧如：模糊不清的樣子。

147 不侔：不相等。

148 芒杪之瑕：微小的瑕疵。

149 什一其數：十分之一。

150 非美金：不是質地精良的青銅鏡。

151 漠然喪其晶：指銅鏡黯然無光彩。

152 傾城：指非常美麗，有傾城傾國之貌。

153 秦宮豈不重，非適乃為輕：秦宮寶鏡可照人心膽，因用非其所，故輕視之。非適：不適當，指用非其所。

之，卒無所獲。行人有常從事於斯者，曰：「夫鷙禽饑
則為用，今哺之過篤，故然也。」予感之，作〈養鷙
詞〉。

養鷙非玩形[154]，所資擊鮮力[155]。少年昧其理，日日哺不
息[156]。探雛網黃口，旦暮有餘食。寧知下韝時[157]，翅重飛
不得。毰毸[158]止林表，狡兔自南北。飲啄既已盈，安能
勞羽翼。

說明

　　少年養鷙，日日哺食豐厚無匱乏，如何要其捕食黃口之鳥？喻示哺食過甚，無以為用。

〈調瑟詞〉并序

里有富豪翁，厚自奉養而嚴督臧獲[159]，力屈形削[160]，然
猶役之無藝極[161]。一旦不堪命，亡者過半，追亡者亦不
來復，翁悴沮而追昨非之莫及也。予感之，作〈調瑟
詞〉。

調瑟在張弦，弦平音自足。朱弦二十五，缺一不成曲。

---

[154] 養鷙非玩形：飼養鷙鳥是來狩獵之用，不是玩物。

[155] 所資擊鮮力：依靠鷙鳥捕捉獵物。

[156] 日日哺不息：每天餵養，讓牠飽食。

[157] 下韝時：此指打獵。韝，革製袖套用以束衣袖，射箭或操作時用之。

[158] 毰毸：張開羽毛。

[159] 嚴督臧獲：嚴厲督促奴婢。臧獲：荊、淮、岱、齊等地，罵奴曰臧，罵婢曰獲。

[160] 力屈形削：指力量耗盡，形體銷毀。

[161] 役之無藝極：無限度地役使奴婢。無藝極：無限度。

美人愛高張，瑤軫[162]再三促[163]。上弦雖獨響，下應不相
屬[164]。日暮聲未和，寂寥一枯木。卻顧膝上弦，流淚難
相續。

説明

　　美人愛彈高音，獨響上弦之音，不作下弦和音，以致音高弦
斷。用來諷刺某富翁自奉甚厚，嚴督僕役，致力屈形銷，不堪役
使，紛紛逃亡而去。

十二　白居易

　　白居易（772-846）字樂天，號香山居士，諡號「文」，唐代
下邽（陝西渭南）人，有詩魔及詩王之稱。詩與元稹齊名稱「元
白」，倡新樂府，強調詩歌的社會教化功能，主張「文章合為時而
著，詩歌合為事而作」，冀能裨補時闕，發揮美刺諷喻效能。一生詩
作最重諷喻詩，語言通俗，老嫗皆解，日本亦深受白居易影響，古典
小說常引用白居易詩歌。白氏生前曾自編《白氏長慶集》收錄詩文凡
三千八百多篇傳世。

　　〈秦吉了〉哀冤民也。
　　秦吉了，出南中，彩羽青黑花頸紅。耳聰心慧舌端巧，
　　鳥語人言無不通。昨日長爪鳶，今朝大嘴烏。鳶捎拾卵
　　一窠覆，烏啄母雞雙眼枯。雞號墮地燕驚去，然後拾

---

[162] 瑤軫：美華的弦柱。軫：琴瑟箜篌等樂器腹下轉動弦的木柱。
[163] 促：彈奏。
[164] 下應不相屬：下面和弦不相應和曲調。

卵攫其雛。豈無雕與鶚，嗉[165]中肉飽不肯搏；亦有鸞鶴群，閒立颺高如不聞！秦吉了，人云爾是能言鳥[166]，豈不見雞燕之冤苦？吾聞鳳凰百鳥主，爾竟不為鳳凰之前致一言，安用噪噪閒言語！

說明

詩歌表層意義是描寫秦吉了能通鳥語，親見雕、鶚欺凌燕、雞，卻未能為其在百鳥之王「鳳凰」之前申冤訴苦。深層意是藉秦吉了來諷刺朝廷諫官未能善盡職責，見百姓被權貴欺凌卻未能為民申冤。此所以白居易在序中指出〈哀冤民也〉之詩旨。

〈燕詩示劉叟〉叟有愛子，背叟逃去，叟甚悲念之。叟少年時，亦嘗如是。故作〈燕詩〉以諭之矣。

梁上有雙燕，翩翩雄與雌。銜泥兩椽[167]間，一巢生四兒。四兒日夜長，索食聲孜孜。青蟲不易捕，黃口無飽期。觜爪雖欲弊[168]，心力不知疲。須臾十來往，猶恐巢中飢。辛勤三十日，母瘦雛漸肥。喃喃教言語，一一刷毛衣。一旦羽翼成，引上庭樹枝。舉翅不迴顧，隨風四散飛。雌雄空中鳴，聲盡呼不歸。卻入空巢裡，啁啾終夜悲。燕燕爾勿悲，爾當反自思，思爾為雛日，高飛背母時。當時父母念，今日爾應知。

---

[165] 嗉：禽鳥喉下盛食物的囊。

[166] 人云爾是能言鳥：大家盛稱你是能說話、表達意見的鳥。

[167] 椽：梁間架屋瓦的短柱。

[168] 弊：損傷。

　　本詩為白居易感念劉叟愛子，背叟逃去，乃借雙燕之經歷喻示背父母而去者，子女亦將仿而效之。

三 元稹

　　元稹（779-831）字微之，唐河南河內人。八歲喪父，十五歲明兩經擢第，二十一歲初仕河中府，歷任秘書省校書郎、監察御史，其後忤權貴，貶江陵，知通州、虢州，後任膳部員外郎，擢祠部郎中、充翰林院承旨等職。詩歌與白居易唱和，倡新樂府詩運動，時稱「元白」，號「元和體」。曾自編詩文集成《元氏長慶集》。

〈象人〉

　　被色空成象[169]，觀空色異真[170]。自悲人是假，那復假為人？

　　喻示人是被色而成形，若能洞識空觀空色，則知萬事皆是借形體而存在，何必陷溺執迷不悟。

〈有鳥二十首‧其一〉

　　有鳥有鳥名老鴟，鴟張貪狠老不衰。似鷹指爪唯攫肉，戾天[171]羽翮徒翰飛。朝暮竊恣昏飽，後顧前瞻高樹枝。

---

[169] 被色空成象：指物體有形狀顏色，成為一個可觀可見的物象。

[170] 觀空色異真：指有智慧的人可以洞識色象並非本真。

[171] 戾天：飛上天。戾，到達。

珠丸彈射死不去，意在護巢兼護兒[172]。

　　以貪狠老鴟之朝偷暮竊、後顧前瞻、死而不去、護巢護兒為喻，喻示貪婪者往往死而不離，猶把持護衛自己人。

盂　《南唐近事》

　　鄭文寶（953-1013）字仲賢，南唐保大十一年生，寧化縣水茜鄉人，能詩善文，且工小篆，是著名書法家。承父蔭授職奉禮郎，後遷校書郎，南唐滅亡，入宋任命為廣文館生，後參加宋朝科舉，舉進士授修武（河南獲嘉）主簿。為人允文允武，曾冒雪率精兵平亂，為政體恤民情，功績卓著，官遷刑部員外郎。一生志業在完成南唐國史，有《江表志》述記南唐大政，《南唐近事》以瑣語叢談輯成南唐史實；另有《歷代帝王譜》、《談苑》、《玉璽記》、《鄭文寶集》等著作傳世。

　　《南唐近事》，鄭文寶以叢談瑣語方式，輯編南唐事故一卷，類小說體裁，史料豐富。

〈類說‧打草驚蛇〉

　　王魯為當塗宰[173]，頗以資產為務[174]，會部民連狀訴主

---

[172] 意在護巢兼護兒：指老鴟雖死猶護持巢穴及兒孫，不肯放棄。

[173] 當塗宰：當塗縣行政長官。當塗，在今安徽省當塗縣。宰，主官。

[174] 以資產為務：專營貪汙勾當。

簿[175]貪賄於縣尹[176]。魯乃判[177]曰：「汝雖打草，吾已驚蛇[178]。」為好事者口實[179]焉。

圭 歐陽修

　　歐陽修（1007-1072）字永叔，北宋廬陵（今江西）人，自號醉翁，晚號六一居士，諡文忠，世稱歐陽文忠公。倡古文運動，為古文八大家之一，善文工詩精詞，為一時之冠。曾與宋祁合修《新唐書》，獨撰《新五代史》，又喜金石文字，編為《集古錄》，允為有宋一代之政治家、史學家、文學家，今有《歐陽文忠公文集》傳世。

《歐陽文忠公集‧歸田錄‧賣油翁》

　　陳康肅公[180]善射，當世無雙，公亦以此自矜[181]。嘗射於家

---

175 連狀訴主簿：聯名上訴狀控告主簿。訴，控告。主簿，主管文書簿籍及印鑑之官。

176 縣尹：縣長，此指當塗縣尹王魯。

177 判：在卷宗上批示。

178 汝雖打草，吾已驚蛇：你們（王魯管轄之民）雖然只是用棍子打草叢，但是我（王魯）就像藏身在草叢中的蛇，已經有所警惕。

179 口實：談話、批評的內容。

180 陳康肅公：陳堯咨，字嘉謨，北宋時閬人，長於隸書與射箭，自號小由基，諡號康肅。

181 矜：誇耀自大，自以為能。

圍，有賣油翁釋擔而立睨之[182]，久而不去，見其發矢[183]
十中八九，但微頷之[184]。康肅問曰：「汝亦知射乎？吾
射不亦精乎！」翁曰：「無他，但手熟爾。」康肅忿然
曰：「汝安敢輕吾射！」翁曰：「以我酌油[185]知之。」
乃取一葫蘆置於地，以錢覆其口，徐以杓酌油瀝之[186]，
自錢空入，而錢不濕。因曰：「我亦無他，惟手熟
爾。」康肅笑而遣之[187]。

說明

熟能生巧，刻苦學習必達登峰造極之境，炫耀己能者必無進
境。

六、宋祁

宋祁（998-1062）字子京，卒諡景文。北宋代安陸（湖北安
陸）人，與兄長宋庠時稱「二宋」，與連庶、連庠並稱應山四賢。歷
任尚書員外郎、龍圖學士、史館修撰，與歐陽修編寫《新唐書》成列
傳一百五十卷。今傳《宋景文公集》。

〈雁奴〉

雁奴，雁之最小者，性尤機警。每群雁宿，雁奴獨不

---

[182] 釋擔而睨之：放下擔子看他射箭。睨，斜視。

[183] 發矢：射箭。

[184] 微頷：微微點頭讚許。頷，點頭。

[185] 酌油：倒油。酌，斟、注。

[186] 瀝：往下滴。

[187] 笑而遣之：笑一笑打發他走了。遣，發送。

瞑，為之伺察。或微聞人聲，必先號鳴，群雁則雜然相呼引去。

後鄉人蓋巧設詭計，以中雁奴之欲。於是先視陂藪[188]雁所常處者，陰布大網，多穿土穴於其傍。日未入，人各持束縕[189]，並匿穴中，須其夜艾，則燎火穴外。雁奴先警，因急滅其火。群雁驚視無見，復就棲焉。如是三燎三滅，雁奴三叫，眾雁三驚。已而無所見，則眾雁謂雁奴之無驗也，互唼迭擊之[190]，又就棲焉。少選，火復舉，雁奴畏眾擊，不敢鳴。鄉人聞其無聲，乃舉網張之。率十獲五，而廑有脫者[191]。

說明

　　以雁為喻，當團結一致、居安思危，不可為鄉人三燎三滅的假象所迷惑。

七、王安石

　　王安石（1021-1086）字介甫，晚號半山，封荊國公，世稱王荊公，北宋臨川人（撫州東鄉縣），故又稱臨川先生。仕宦曾歷淮南、鄞縣、舒州、常州等地，兩度任職同中書門下平章事，推行新法過急，用人不當，熙寧九年罷相隱居，卒諡「文」，又稱王文公，是北宋一代政治家、思想家及文學家。其文學成就名列唐宋八大家之一，散文遒勁有力、精辟警絕；詩歌用典瘦硬；詞則情韻深婉，今有

---

[188] 陂藪：水淺草茂的水澤岸邊。

[189] 束縕：束麻絮成引火之物，此指火炬。

[190] 互唼迭擊之：指群雁以喙啄擊雁奴。唼：水鳥或魚吃食。

[191] 廑有脫者：只有少數的雁鳥逃脫捕捉。廑，通「僅」，只有。

《臨川先生文集》傳世。

〈傷仲永〉

金溪民方仲永，世隸耕[192]。仲永生五年，未嘗識書具，忽啼求之。父異焉，借旁近與之。即書詩四句，並自為其名。其詩以養父母、收族為意，傳一鄉秀才觀之，自是指物作詩立就，其文理旭有可觀[193]者。邑人奇之，稍稍賓客其父，或以錢幣乞之，父利其然也，日扳仲永環謁[194]於邑人，不使學。

余聞之也久，明道中，從先人還家，於舅家見之，十二三矣。今作詩，不能稱前詩時之聞。又七年，還自揚州，復到舅家問焉。曰：「泯然眾人矣。」

王子曰：「仲永之通悟，受之天也[195]。其受之天也，賢於材人遠矣。卒之為眾人，則其受於人者[196]不至也。彼其受之天也，如此其賢也；不受之人，且為眾人。今夫不受之天，固眾人[197]；又不受之人，得為眾人而已耶？」

---

192 世隸耕：世代以務農為業。

193 文理旭有可觀：指文章條理清楚，頗有可觀之處。

194 環謁：指帶著仲永到處炫耀他的文才。環，此指到處。謁，拜見。

195 受之天也：指天賦、天資。

196 受於人者：指接受老師的教誨，向老師學習。

197 固眾人：一定是普通人。

說明

　　天資聰穎者必須經過後天的學習才能有更高成就，若恃恃聰明
不肯向學，終必與一般人無異。而普通人既無天資，更應學習才能
有成。

六、蘇軾

　　蘇軾（1037-1101）字子瞻，號東坡居士，北宋眉州（四川眉
山）人。嘉祐二年（1057）與弟弟蘇轍（1039-1112）同登進士，任
鳳翔通判，因反對王安石新法，自請外放，歷任杭州通判、密州、
徐州。元豐二年（1079）遭「烏台詩案」責授黃州（湖北黃岡）團
練副使，哲宗立，高太后臨朝，知登州、遷禮部郎中、翰林學士知
制誥、禮部貢舉。元祐四年（1089）知杭州，後改知潁州、揚州、
定州。元祐八年（1093）貶惠州（廣東惠陽），再貶儋州（海南儋
縣），徽宗即位遇赦北歸，卒於常州（江蘇）。與父親蘇洵（1009-
1066）、弟弟蘇轍合稱三蘇，同為古文八大家之一。書法擅長行、
楷書，與黃庭堅、米芾、蔡襄稱為「宋四家」。繪畫師事文同，善墨
竹、枯木、怪石。詞創豪放派，與辛棄疾合稱蘇辛。是中國偉大的文
學家、書畫家。

《東坡全集・日喻・扣盤捫燭》

　　生而眇者[198]不識日，問之有目者。或告之曰：「日之狀
如銅盤。」扣之而得其聲；他日聞鐘，以為日也。或告
之曰：「日之光如燭。」捫[199]燭而得其形；他日揣籥[200]，

---

[198] 眇者：盲人。

[199] 捫：觸、摸。

[200] 揣籥：摸籥器。揣，觸摸。籥，古代管樂器，類似笛子，比笛短小，有三孔。

以為日也。日之與鐘、籥亦遠矣，而眇者不知其異，以
其未嘗見而求之人。

僅以表象猜測，無法得其全貌亦且失實，意同「盲人摸象」。

〈讀柳子厚三戒・河豚魚說〉

河之魚，有豚其名者，游於橋間，而觸其柱，不知遠
去。怒其柱之觸己也，則張頰植鬣[201]，怒腹而浮於水[202]，
久之莫動。飛鳶過而攫之[203]，磔其腹[204]而食之。好游而不
知止，因游而觸物，不知罪己，妄肆其忿[205]，至於磔腹
而死，可悲也夫！

說明

做錯事不知反省自我，且大怒失智，終必招惹殺身之禍。

〈讀柳子厚三戒・烏賊魚說〉

海之魚，有烏賊其名者，呴水[206]而水烏。戲於岸間，懼
物之窺己也，則呴水以自蔽。海烏視而疑，知其魚而攫

---

[201] 張頰植鬣：張開魚鰓，豎起魚鰭。植，樹、立。鬣、魚鰭。
[202] 怒腹而浮於水：發怒鼓起肚子浮游在水面上。
[203] 攫，用爪抓取。
[204] 磔其腹：撕破牠的肚子。
[205] 妄肆其忿：妄自忿怒。
[206] 呴水：指烏賊吐出墨汁。呴，吐出。

之。嗚呼，徒知自蔽以求全[207]，不知滅跡以杜疑[208]，為窺者之所窺，哀哉！

《艾子雜說・食肉者智》

艾子之鄰，皆齊之鄙人[209]也。聞一人相謂曰：「吾與齊之公卿，皆人而稟[210]三才之靈者[211]，何彼有智，而我無智？」一曰：「彼日食肉，所以有智；我平日食粗糲[212]，故少智也。」其問者曰：「吾適有糶粟[213]數千，姑與汝日食肉試之。」數日，復又聞彼二人相謂曰：「吾自食肉後，心識明達[214]，不徒有智，又能窮理。」其一說：「吾觀人腳面，前出甚便，若後出豈不為繼來者所踐？」其一曰：「吾亦見人鼻竅[215]，向下甚利，若向上，豈不為天雨注之乎？」二人相稱其智。艾子歎曰：「肉食者其智若此！」

---

[207] 自蔽以求全：吐出墨汁來遮蔽自己，保護自己。
[208] 滅跡以杜疑：消除痕跡，杜絕懷疑。
[209] 鄙人：粗俗淺薄的人。
[210] 稟：承受。
[211] 三才：古代以天、地、人為三才。
[212] 粗糲：粗米糧。
[213] 糶粟：賣出糧食。
[214] 心識明達：心智聰穎，明白道理。
[215] 鼻竅：鼻孔。竅，孔。

說明

見識淺薄者往往自矜自大。

九 晁補之

晁補之（1053-1110）字无咎，號歸來子。北宋濟州巨野（山東巨野縣）人，與黃庭堅、秦觀、張耒合稱蘇門四學士。出身仕宦之家，幼能屬文，早負盛名，歷宋仁宗、英宗、神宗、哲宗、徽宗；仕途起伏，歷任秘書省正字、校書郎、揚州通判等職，後因修《神宗實錄》失實獲罪，連貶天府、亳州、信州。崇寧年間追貶元佑舊臣，出知河中府、徙湖州、密州，晚年知泗州，死於任所。爲人聰敏博學，雖有濟世之才，爲政亦有治績，卻屢遭遷貶，不被重用，今有詩文《雞肋集》七十卷，詞作《晁氏琴趣外篇》六卷。

《雞肋集・烏戒》

烏於禽甚黠[216]，伺人音色小異[217]，輒去不留[218]，非彈射所能得也。關中民狃烏黠[219]，以為物無不以其黠見得[220]，則之野[221]，設餅食楮錢[222]哭塚間，若祭者然。哭竟[223]，裂錢棄餅而去。烏則爭下啄，啄且盡，哭者已立他塚，裂

---

[216] 甚黠：非常狡猾。

[217] 伺人音色小異：窺探人類的聲音有小小不同。

[218] 輒去不留：往往飛走不停留。

[219] 狃烏黠：習慣烏鳥之狡猾。狃，習以為常。

[220] 物無不以其黠見得：沒有事物不是運用智慧獲得，意謂運用智慧才能有得。

[221] 之野：到達郊外。之，到。

[222] 楮錢：紙錢，舊俗祭死者時焚化紙錢。

[223] 哭竟：哭完。竟，完畢、終了。

錢棄餅如初。烏雖點，不疑其誘也，益鳴搏爭食[224]。至三四[225]，皆飛從之，益狎[226]。迫於網，因舉而獲焉。今夫世之人，自謂智足以周身[227]而不知禍藏於所伏者，幾何其不見賣於哭者哉！

說明

　　小聰小智可獲美食，卻不知美食後面隱藏危機。利益當前同時也是危機四伏之際。

二十 陸游

　　陸游（1125-1210）字務觀，號放翁，南宋山陰（浙江）人，爲南宋主戰派大將，歷任鎭江、隆興、夔州通判等職，精善詩詞，詩歌與尤袤、楊萬里、范成大合稱南宋四大詩家。詩歌風格豪放雄邁，題材廣泛，內容多表現抗金愛國思維，今存詩九千多首，創作量爲古今第一人，詞則情韻雋永深長。著有《劍南詩稿》、《渭南文集》、《放翁詞》等。

〈卜算子‧詠梅〉

驛外斷橋邊，寂寞開無主。已是黃昏獨自愁，更著風和雨。

無意苦爭春，一任群芳妒。零落成泥碾作塵，只有香如故。

---

224 搏爭食：搏鬥爭取食物。

225 至三四：反覆到三四次。

226 益狎：更加靠近。

227 周身：保全生命。

説明

> 以梅為喻，氣節孤高，不與世同流合汙。

三、鄧牧

　　鄧牧（1247-1306）字牧心，自號三教外人，元代錢塘（浙江杭州）人，早年好學博記，其後淡泊名利，尋幽訪勝，遍遊名山，四方名勝多求其文。生前自編詩文集《伯牙琴》六十餘卷，另有《洞霄圖志》、《大滌洞天記》等作品傳世。

〈二戒學柳河東・越人友狗〉

　　越人道上遇狗，狗下首搖尾人言[228]曰：「我善獵，與若中分[229]。」越人喜，引而俱歸。食以粱肉，待之以人禮[230]。狗得盛禮，日益倨[231]，獵得獸，必盡啖[232]乃已。或嗤[233]越人曰：「爾飲食之，得獸，狗盡啖，將奚以狗為[234]？」越人悟，因為分肉，多自與。狗怒，齧其首[235]，斷領足，走而去之。夫以家人養狗[236]，而與狗爭食，幾何不敗也[237]！

---

[228] 人言：像人一樣說話。

[229] 與若中分：和你對半平分。若，你。中分：對半分，平分。

[230] 待之以人禮：以對待人的禮節對待牠。

[231] 益倨：更加傲慢。

[232] 盡啖：完全吃掉。

[233] 嗤：嘲笑、譏笑。

[234] 將奚以狗為：要狗做什麼呢？

[235] 齧其首：咬斷他的頭。

[236] 以家人養狗：把狗當成家人來豢養。

[237] 幾何不敗也：怎麼會不失敗啊！

說明

　　縱容獵狗養尊處優，主、狗易位，不加節制，終招致殺身之禍。凡事需主客有分，不可本末顛倒。

三、林昉

　　林昉，字旦翁，一字景初，號石田，晚號莫莫翁。宋人，著有《田間書》一卷，今存錄在陶宗儀所輯之《說郛》內，有二十七則。

〈燈蛾赴火〉

　　林子夜對客，有物粉羽[238]，飛繞燭上，以扇驅之，既去復來，如是者七八，終於焦首爛額，猶撲撲[239]必期以死，人莫不笑其愚也。予謂聲色利欲，何啻膏火[240]？今蹈之而不疑，滅其身而不悔者，亦寧免為此蟲笑哉？噫！

說明

　　聲色利欲是滅身之因，投身不悔，猶飛蛾撲火。

三、羅燁

　　羅燁，宋代盧陵（江西吉安縣）人，生平不詳，著有《醉翁談錄》。

---

[238] 粉羽：帶粉的翅膀，即飛蛾。

[239] 撲撲：形容翅膀拍打的樣子。

[240] 何啻膏火：無異於油燈之火。啻，只、僅僅。膏火、油燈的火。

〈口鼻眼眉爭位〉

口與鼻爭高下。口曰：「我談古今是非，爾何能居我上？」鼻曰：「飲食非我不能辨。」眼謂鼻曰：「我近鑑毫端[241]，遠察天際[242]，惟我當先。」又謂眉曰：「爾有何功居我上？」眉曰：「我雖無用，亦如世有賓客，何益主人？無即不成禮儀。若無眉，成何面目？」

> ### 說明
>
> 　　口鼻眼眉各為五官之一，合之才成面目。互爭高下不僅無益，且為他人有機可乘。

---

[241] 近鑑毫端：近可鑑察細微事物。
[242] 遠察天際：遠可以眺望天邊。

第六章

元明清時期

一、白珽

白珽（1248-1328）字廷玉，號湛淵，又號栖霞山人。元代錢塘人，官至蘭溪州判官。善詩文，書法學宋代米芾，著有《書史會要》、《湛淵集》。

《湛淵靜語·囫圇吞棗》

客有曰：「梨益齒而損脾[1]，棗益脾而損齒[2]。」一呆弟子思久之，曰：「我食梨則嚼而不咽[3]，不能傷我之脾；我食棗則吞而不嚼[4]，不能傷我之齒。」狎者[5]曰：「你真是囫圇吞卻一個棗也。」遂絕倒。

說明

不加咀嚼，不辨滋味；喻示不求甚解，食而不化。

二、宋濂

宋濂（1310-1381）字景濂，號潛溪，別號玄眞子，明代浦江（浙江）人。自幼刻苦向學，未嘗一日無書，於學無所不通。與劉基、葉琛、章溢同被明太祖禮聘爲五經師。累官至翰林院學士承旨、知制誥，曾奉命主修《元史》，深受太祖寵信，譽爲「開國文臣之首」。因長孫牽連胡惟庸案，謫貶茂州，病死途中。著有《宋學士文集》、《孝經新說》、《龍門子凝道記》、《燕書》等書。

---

[1] 益齒而損脾：有益牙齒，卻會損傷脾臟。

[2] 益脾而損齒：有益脾臟，卻會損壞牙齒。

[3] 嚼而不咽：只有咀嚼卻不吞食。

[4] 吞而不嚼：直接吞食棗子卻不咀嚼。

[5] 狎者：開玩笑的人，狎，戲弄。

《龍門子凝道記・秋風樞・剟股藏珠》

海中有寶山焉。眾寶錯落其間，白光煜如[6]也。海夫有得徑寸珠者[7]，舟載以還。行未百里，風濤洶簸[8]，蛟龍出沒可怖。舟子告曰：「龍欲得珠也。急沉之，否則連我[9]矣。」海夫欲棄不可，不棄又勢迫[10]，因剟股藏之[11]，海波遂平。至家出珠，股肉潰而卒[12]。

說明

非分內之物，不可強奪。

《龍門子凝道記・司馬微・真假漢鼎》

洛陽布衣[13]申屠敦有漢鼎[14]一，得長安深川之下，雲螭斜錯[15]，其文爛如也[16]。西鄰魯生見而悅焉，呼金工象而鑄之[17]，淬以奇藥[18]，穴地藏之者三年。土與藥交蝕，銅質

6　煜如：璀璨明亮的樣子。

7　徑寸珠：直徑一寸的寶珠。

8　風濤洶簸：風浪洶湧顛簸。

9　連我：連累我們。

10　不棄又勢迫：不放棄寶珠卻又為情勢所逼迫。

11　剟股藏之：割開大腿肉，將寶珠夾藏其中。股，大腿。

12　潰而卒：潰爛終至死亡。

13　布衣：平民老百姓。

14　漢鼎：漢代鼎器。鼎，用青銅製成的三足炊具。

15　雲螭斜錯：騰雲駕霧的龍形交錯。螭，無角之龍。

16　其文爛如：紋彩燦爛。文，同「紋」，彩紋。

17　象而鑄之：模仿它的形狀打造一只一樣的鼎。

18　淬以奇藥：用特別的藥水淬鍊。淬，浸染。

已化，與敦所有者略類。一旦持獻權貴人，貴人寶之，饗賓[19]而玩之。敦偶在坐，心知為魯生物也。乃曰：「敦亦有鼎，其形酷肖是[20]，第[21]不知孰為真耳！」權貴人請觀之，良久曰：「非真也！」眾賓次第咸[22]曰：「是誠非真也！」敦不平，辯數不已。眾共折辱[23]之。敦嗒不敢言[24]，歸而歎曰：「吾今然後知勢之足以變易是非[25]也。」龍門子聞而笑曰：「敦何見之晚哉？士之於文亦然。」

說明

眾口鑠金之下，假為真時真亦假。世上常有積非成是，令人百口莫辯。

《龍門子凝道記・先王樞・無價之寶》

西域賈胡[26]有持寶者來售，名曰璊[27]者。其色正赤如朱櫻，長寸者，直踰數十萬[28]。龍門子問曰：「璊可樂飢[29]

---

19 饗賓：設宴待客。

20 酷肖：非常相似。

21 第：只，但。

22 次第：依次。咸，都。

23 折辱：欺侮。

24 嗒不敢言：閉口不出聲。

25 變易是非：改變是非。

26 賈胡：胡地商人。

27 璊：玉的一種，其光彩奪目。

28 直踰數十萬：價值超過數十萬錢。直，同「值」，價值。踰，同「逾」，超過。

29 樂飢：使飢餓的肚子快樂，也就是能充飢之意。

　　乎？」曰：「否。」「可已疾[30]乎？」曰：「否。」「能
逐癘[31]乎？」曰：「否。」「能使人孝弟乎？」曰：
「否。」曰：「既無用如是，而價踰數十萬何也？」
曰：「以其險遠而獲之艱深也。」龍門子笑而去，謂弟
子鄭淵曰：「古人有云：『黃金雖重寶，生服[32]之則死，
粉之入目則眯[33]。』寶之不涉於吾身者尚[34]矣，吾身有至
寶焉，其值不特數十萬而已。水不能濡，火不能爇[35]，風
日不能飄炙[36]，用之則天下寧，不用則身獨安。乃不知夙
夜求之，而唯此之為務[37]，不亦舍至近而務至遠者[38]耶？
人心之死久矣夫！人心之死久矣夫！」

說明

　　至寶難得，只是身外之物，無益民生，社會卻一味追求至寶，
而品德修養是身內物，不必外求，便能自求。但是人往往捨本逐
末，追求外在有形之寶，而忘卻自身擁有的無價之寶。

30　已疾：治療疾病。

31　逐癘：驅逐災疫。癘，通「癘」，災疫。

32　生服：生吃。

33　入目則眯：玉粉入眼不能視物。

34　尚：指時間久遠。

35　水不能濡，火不能爇：水不能淹沒，火不能燒。

36　風日不能飄炙：風不能吹走它，太陽無法燒焦它。

37　此之為務：以追求珠寶為最重要的事。

38　舍至近而務至遠：捨近求遠。舍，同「捨」。

《燕書‧越人溺鼠》

鼠好夜竊粟。越人置粟於盎[39]，恣鼠齧[40]，不顧。鼠呼群類入焉，必飫而後反[41]。越人乃易粟以水，浮穅覆水上，而鼠不知也。逮夜[42]，復呼群次第入[43]，咸溺死。

貪利而入陷阱。

《燕書‧人貌狙心》

昔紀侯[44]好狙，使狙師教焉。狙師脫士[45]，肖人貌飾之[46]，冠九山之冠[47]，衣結霞之衣[48]，躡文鸞之履[49]。升降周旋，人也；拜立坐跪，人也。狙師度可用[50]，進紀侯[51]。紀侯

---

39 盎：口小腹大的瓦器。

40 恣鼠齧：任憑老鼠咬食。齧，咬。

41 飫而後反：必定飽食才出來。飫，飽食。反，同「返」。

42 逮夜：等到晚上。逮，等到。

43 呼群次第入：呼朋引伴按照次序進入。

44 紀侯：紀國國君。紀國在今山東省壽光縣東南。

45 狙師脫士：馴猴師父，名叫脫士。

46 肖人貌飾之：穿戴衣帽像人一樣打扮。肖，像。

47 冠九山之冠：戴上形狀像九山的帽子。第一個「冠」，戴，當動詞。九山之冠，形狀像九山的帽子。

48 衣結霞之衣：穿著繪有彩霞的衣服。第一個「衣」，穿，當動詞。

49 躡文鸞之履：腳穿繡有鸞鳳的鞋。躡，穿。

50 度可用：估算可運用自如。

51 進紀侯：進獻給紀國國君。

觀之樂，舉觴觴焉[52]。狙飲已，竟跳擲裂裳遁去[53]。蓋
狙，假人貌飾形[54]也，其心狙也，因物則遷爾[55]。

　　不管外形如何修飾，終究是猴子的本質，遇事故就會原形畢
露。

三　《郁離子》

　　劉基（1311-1375）字伯溫，元末明初青田（浙江）人，元末曾
任浙東行省都事，因故革職，後應朱元璋徵召參與機要。明初任御史
中丞兼太史，封誠意伯，洪武四年辭官歸里，後為胡惟庸構陷，憂憤
致死，是明初有名的政治家、文學家。著有《誠意伯文集》，《郁離
子》收錄在文集之中，是一本寓言專書，對後世影響甚鉅。

　　《郁離子》為劉基歸隱青田時所著，「郁離」意謂文明盛治之
意，是一本寓言專書，假託「郁離子」之聞見，反映、諷刺元末明初
之社會、政治現況，並提出治國安民之政治思想、哲學思想。

〈千里馬・工之僑獻琴〉

　　工之僑得良桐焉，斫而為琴[56]，弦而鼓之[57]，金聲而玉

---

[52] 舉觴觴焉：指猴子能像人一樣舉酒杯敬酒。第一個「觴」，酒杯，當名詞。第二個「觴」，
　　敬酒，當動詞。

[53] 跳擲裂裳遁去：撕裂衣裳蹦蹦跳跳的逃走。遁，逃。

[54] 假人貌飾形：假扮人的形貌來裝飾自己。

[55] 因物則遷：碰到事情就原形畢露。遷，改變。

[56] 斫而為琴：將良桐砍下來，製成一把古琴。

[57] 弦而鼓之：裝上琴弦來彈奏。弦，裝上弦，當動詞。鼓，彈奏。

應[58]。自以為天下之美也，獻之太常[59]，使國工[60]視之。曰「弗古」，還之。工之僑以歸，謀諸漆工，作斷紋焉[61]。又謀諸篆工[62]，作古窾[63]焉。匣而埋諸土，朞年出之[64]，抱以適市[65]。貴人過而見之，易之以百金，獻諸朝。樂官傳視，皆曰：「希世之珍也。」工之僑聞之，歎曰：「悲哉，世也！豈獨一琴哉？莫不然矣！而不早圖之，其與亡矣！」遂去，入於宕冥之山[66]，不知其所終。

說明

　　世人只求外表形似而不求本真。古琴應以音聲為主體，世人卻不求金玉之聲，反而以是否具有古窾作為琴的價值來源，可知世人迷真求妄。

〈蜀賈賣藥〉

蜀賈三人，皆賣藥於市。其一人專取良[67]，計入以為出[68]，不虛價，亦不過取贏。一人良不良皆取焉，其價之

---

[58] 金聲而玉應：指琴發出金玉鏗鏘之聲音。
[59] 太常：掌管宗廟祭祀的官。
[60] 國工：皇宮裡的樂工。
[61] 斷紋：造成斷裂的紋路，彷彿年代久遠。
[62] 篆工：篆刻的工匠。
[63] 古窾：在琴上鑄刻古代的款識。窾，窾識，古代在器物上鑄刻的文字。
[64] 朞年出之：經過一年挖出來。
[65] 適市：到市場上。
[66] 宕冥之山：渺遠的深山。
[67] 專取良：專門賣上等藥材。
[68] 計入以為出：計算藥價成本來決定賣出的價錢。

賤貴，惟買者之欲[69]，而隨以其良不良應之。一人不取良，惟其多，賣則賤其價，請益則益之[70]，不較[71]。於是爭趨之，其門之限月一易[72]。歲餘大富。其兼取者[73]，趨稍緩[74]，再朞[75]亦富。其專取良者，肆日中如宵，旦食而昏不足[76]。郁離子見而歎曰：「今之為士者，亦如是夫！昔楚鄙[77]三縣之尹[78]三。其一廉而不獲於上官，其去[79]也，無以儥舟[80]，人皆笑以為痴。其一擇可而取之，人不尤其取而稱其能賢。其一無所不取，以交於上官，子吏卒而賓富民[81]，則不待三年，舉而任諸綱紀之司[82]，雖百姓亦稱其善。不亦怪哉！」

說明

清官廉潔不媚俗，境遇淒涼；貪官無所不取，左右逢迎，反而

69　惟買者之欲：只隨著買藥人所需要的。

70　請益則益之：要求增加藥量就增加。

71　不較：不計較。

72　其門限月一易：他家的門檻一個月換一次，形容生意很好，門庭若市。

73　兼取者：指良藥與劣藥皆賣的藥商。

74　趨稍緩：前往買藥的人少一些。

75　再朞：兩整年。朞，一週年。

76　旦食而昏不足：早晨有飯吃，晚飯則不夠。指朝不保夕。

77　鄙：偏遠的地方。

78　尹：縣令。

79　去：離開。

80　儥舟：租船。儥，租賃。

81　子吏卒而賓富民：對部屬就像兒子一樣，對待富豪就像對待賓客一樣。子、賓，皆當動詞用。

82　舉而任綱紀之司：推薦他擔任掌理法紀的職務。

獲得好名聲。是非不辨的時代裡，是否仍要堅持立場？這是一個難以選擇的課題，對於不肯同流合汙的人而言，應是最深刻的戟刺。

〈靈丘丈人・賈人覆舟〉

濟陰之賈人渡河而亡其舟[83]，棲於浮苴之上[84]，號焉[85]。有漁者以舟往救之，賈人急號曰：「我濟上之巨室也，能拯我，予爾百金。」漁者載而升諸陸，則予十金焉。漁者曰：「向許百金[86]而今予十金，無乃不可乎？」賈人勃然作色曰：「若漁者也[87]，一日之獲幾何？而驟得十金，猶為不足乎？」漁者黯然而退。他日，賈人浮呂梁而下[88]，舟薄於石又覆[89]，而漁者在焉。人曰：「盍救諸[90]？」漁者曰：「是許金而不酬者[91]也。」艤而觀之[92]，遂沒。郁離子曰：「或稱賈人重財而輕命，始吾不信，而今知有之矣！」

說明

因小失大，重財輕命之戒。

83　亡其舟：翻船。
84　棲於浮苴之上：飄浮在水面上的枯枝上。
85　號焉：大聲呼喊。
86　向許百金：剛才答應給百兩金子。向，剛才。
87　若漁者也：你不過一個漁夫而已。若，你。
88　浮呂梁而下：沿著呂梁河順流而下。呂梁，水名，在今江蘇省內。
89　舟薄於石又覆：船撞到礁石又沉船。薄，迫近，此為「撞」的意思。
90　盍救諸：何不前往求他呢？
91　許金而不酬者：答應給的酬金卻不兌現的人。
92　艤而觀之：駕船靠岸袖手旁觀。

〈省敵・九頭鳥爭食〉

　　孽搖之虛[93]有鳥焉，一身而九頭，得食則八頭皆爭，呀然
而相銜[94]，灑血飛毛，食不得下嚥，而九頭皆傷。海鳧[95]
觀而笑之曰：「而胡不思[96]九口之食同歸於一腹乎？而奚
其爭[97]也！」

　　利害相同者應互相團結，共利則得共生，否則相妨必相害。

〈瞀瞍・狙公〉

　　楚有養狙為生者，楚人謂之狙公[98]。旦日[99]必部分眾狙於
庭[100]，使老狙率以之山中[101]，求草木之實，賦什一[102]以自
奉[103]。或[104]不給，則加鞭箠焉。群狙皆畏苦之，弗敢違
也。一日，有小狙謂眾狙曰：「山之果公所樹[105]與？」

---

[93] 孽搖之虛：孽搖山丘。虛，同「墟」，山丘。

[94] 呀然而相銜：互相亂叫，用嘴相啄。呀然，亂叫。銜，用嘴啄。

[95] 海鳧：海中的水鴨。

[96] 而胡不思：你們為何不想想。而，同「爾」，你們。胡，為什麼。

[97] 奚其爭：為何相互爭奪。

[98] 狙公：養猴的老人。狙，猴子。

[99] 旦日：白天。

[100] 部分眾狙於庭：在庭院召集猴子，分派工作。部分，分派工作。

[101] 率以之山中：帶領猴子到山上。之，往。

[102] 賦什一：取十分之一。賦，給予。什一，十分之一。

[103] 自奉：自己吃。奉，奉養。

[104] 或：有的猴子。

[105] 樹：栽，種。

曰：「否也，天生也。」曰：「非公不得而取與？」
曰：「否也，皆得而取也。」曰：「然則吾假於彼而為
之役[106]乎？」言未既[107]，眾狙皆寤[108]。其夕，相與伺狙公
之寢，破柵毀柙[109]，取其積，相攜而入林中，不復歸。
狙公卒餒而死[110]。郁離子曰：「世有以術使民而無道揆
者[111]，其如狙公乎？惟其昏而未覺也，一旦有開之，其
術窮矣。」

說明

　　使民以術必須合法有道，否則人民受啟發，必定群起反抗，權
術必無所施展。

〈千里馬〉

周厲王使芮伯帥師伐戎[112]，得良馬焉。將以獻於王，芮
季曰：「不如捐[113]之。王欲無厭[114]而多信人之言。今以
師歸而獻馬焉，王之左右必以子獲不止一馬，而皆求於

---

106 假於彼而為之役：依賴狙公而被奴役。假，依賴。役，役使。

107 言未既：話尚未說完。

108 眾狙皆寤：所有的猴子都醒悟明白了。

109 破柵毀柙：破壞柵欄，毀損牢籠。

110 卒餒而亡：最後因為飢餓而死亡。

111 無道揆：沒有法度和道義。

112 帥師伐戎：率領軍隊攻打戎人。

113 捐：放棄。

114 王欲無厭：周王的慾望很大，貪求無厭。

子，子無以應之[115]。則將囂於王[116]，王必信之，是賈禍[117]也。」弗聽，卒獻之。榮夷公果使有求焉。弗得，遂譖[118]諸王曰：「伯也隱[119]。」王怒，逐芮伯。君子謂芮伯亦有罪焉爾。知王之瀆貨而啓之[120]，芮伯之罪也。

> ### 說明
>
> 　　芮季有先見之明，知周厲王貪得無厭，宜及早謀策，不會陷自己於困境。芮伯不聽，果真被放逐。凡事需瞻前顧後，及早謀策。

〈賣柑者言〉

杭有賣果者，善藏柑，涉寒暑不潰[121]，出之燁然[122]，玉質而金色。置於市，賈十倍[123]，人爭鬻之[124]。予貿得其一[125]，剖之，如有煙撲口鼻，視其中，則乾若敗絮。予怪而問之曰：「若所市於人者，將以實籩豆[126]、奉祭

---

[115] 子無以應之：你無法應付他們的索求無度。

[116] 囂於王：向君王進讒言。囂，吵鬧。

[117] 賈禍：自忌招惹災禍。賈，原意為「買」，此指「招惹」。

[118] 譖：說壞話、進讒言。

[119] 隱：隱藏不說。

[120] 知王之瀆貨而啓之：開啓周王貪愛財貨的禍端。瀆，通「黷」，貪汙。啓，開啓。

[121] 寒暑不潰：經過一年也不會潰爛。

[122] 出之燁然：拿出柑橘來，顏色仍然鮮麗。

[123] 賈十倍：可以賣到十倍價錢。賈，同「價」，價錢。

[124] 鬻之：人們爭相購買。

[125] 貿得其一：買一個。

[126] 籩豆：古代盛食物的禮器。籩，竹製。豆，木製。

祀、供賓客乎？將衒外以惑愚瞽也[127]？甚矣哉，為斯也！」賣者笑曰：「吾業是有年矣[128]。吾賴是以食吾軀[129]。吾售之，人取之，未嘗有言，而獨不足子所乎？世之為欺者不寡矣，而獨我也乎？吾子未之思也。今夫佩虎符[130]、坐皋比[131]者，洸洸乎干城之具也[132]，果能授孫吳[133]之略耶？峨大冠[134]、拖長紳[135]者，昂昂乎廟堂之器[136]也，果能建伊皋之業[137]耶？盜起而不知禦，民困而不知救，吏奸而不知禁，法斁而不知理[138]，坐糜廩粟[139]而不知恥。觀其坐高堂、騎大馬、醉醇醴而飫肥鮮者[140]，孰不巍巍乎可畏，赫赫乎可象也[141]。又何往而不金玉其外，敗絮其中也哉？今子是之不察，而以察吾柑！」予默然無以應，退而思其言，類東方生[142]滑稽之流。豈其憤世疾邪者耶，而託於柑以諷耶？

---

[127] 衒外以惑愚瞽：鮮麗的外表用來欺騙愚人或瞎子。衒，誇耀。瞽，瞎子。

[128] 有年：很多年了。

[129] 以食吾軀：指賣柑橘養活自己。食，給人食物吃，此作「養活」。

[130] 虎符：古代軍隊的信物，用銅鑄成，虎形分成兩半，君主與將軍各執其一。

[131] 皋比：虎皮。

[132] 洸洸乎干城之具：神態威武，是保衛國家的人才。干，盾。城，城牆。

[133] 孫吳：戰國兩位軍事家。孫，孫武。吳，吳起。

[134] 峨大冠：戴著高聳的帽子。

[135] 紳：古代士大夫束在腰間的大帶。

[136] 廟堂之器：指朝廷大臣。廟堂，宗廟明堂

[137] 伊皋之業：指賢臣的事業。伊尹，商代開國大臣。皋，皋陶，舜之大臣。

[138] 法斁而不知理：法律敗壞不知道治理。

[139] 坐糜廩粟：耗費公家糧食。糜，浪費。廩粟，穀倉中的糧食。

[140] 酒中醇醴而飫肥鮮：喝美酒，飽食鮮美的食物。飫，飽食。

[141] 赫赫乎可象：威赫值得效法。象，同像，模仿。

[142] 東方生：東方朔，常以滑稽之語向漢武帝諷諫。

說明

> 金玉其外，敗絮其中。

〈虞孚・玄石好酒〉

黔中仕於齊，以好賄黜[143]，而困。謂夣龍先生曰：「小人今而痛懲於賄[144]矣。惟先生憐而進之。」又黜。夣龍先生曰：「昔者玄石好酒，為酒困[145]，五臟燻灼[146]，肌骨蒸煮，如裂，百藥不能救，三日後而後釋[147]。謂其人曰：『吾今而後，知酒可以喪人也，吾不敢復飲矣。』居不能閱月[148]，同飲至[149]，曰：『試嘗之。』始而三爵[150]止，明日而五之，又明日十之，又明日而大醺[151]，忘其故，死矣。故貓不能無食魚，雞不能無食蟲，犬不能無食臭。性之所耽，不能絕也[152]。」

說明

> 不知防微杜漸，必罹禍殃。

---

143 以好賄黜：因為賄賂被罷官。

144 痛懲於賄：因賄賂罷官而有所警惕、悔悟。

145 為酒困：受酗酒所害。

146 五臟燻灼：五臟六腑被酒燻烤。

147 釋：消除

148 閱月：經過一個月。

149 同飲至：一起喝酒的朋友到來。

150 爵：古代喝酒用三足酒具。

151 大醺：指喝得酩酊大醉。醺：飲酒。

152 性之所耽，不能絕也：本性難以移改。耽：沉溺。絕：斷絕。

四 方孝孺

　　方孝孺（1357-1402）字希直，一字希古，號遜志，明代浙江寧海人。蜀獻王改遜志為「正學」，世稱「正學先生」，福王時追諡「文正」。師事宋濂，為人剛正不屈，因靖難之役拒絕為燕王草擬詔書，被株十族。今有《遜志齋集》、《方正學先生集》等著作。

《遜志齋集・終不知車》

　　越無車，有遊者得車於晉楚之郊，輻朽而輪敗[153]，軏折而轅毀[154]，無所可用。然以其鄉之未嘗有也，舟載以歸而誇諸人。觀者聞其誇而信之，以為車固若是，效而為之者相屬[155]。他日，晉楚之人見而笑其拙，越人以為紿己[156]，不顧。及寇兵侵其境，越率敝車禦之[157]。車壞，大敗，終不知其車也。學者之患亦然。

説明

喻見識淺薄，固陋而不信人言。

五 楊慎

　　楊慎（1488-1559）字用修，號升庵，明代新都（四川）人，少聰慧能詩文，正德六年（1511）殿試第一，授翰林院修撰，性格剛

---

153 輻朽而輪敗：車輪與車軸連接的木條皆已敗壞。

154 軏折而轅毀：車軏折損而車轅毀壞。軏，車轅與車衡銜接的關鍵。

155 相屬：接連不斷。

156 紿己：欺騙自己。

157 敝車禦之：用敗朽的破車來抵禦敵人。

直，逢事必書，嘉靖三年（1524）因與眾臣「議大禮」受廷杖，謫戍雲南永昌衛，居雲南三十餘，死於戍所。學問淵博，考史論經、工詩善文，對於訓詁、音韻、名物、書畫、劇曲皆有涉獵，著作豐富，為明代第一。主要作品有《升庵全集》、《雲南山川志》、《古今風謠》、《希姓錄》、《石鼓文音釋》、《藝林伐山》、《二十一史彈詞》等。

《藝林伐山‧按圖索驥》

伯樂《相馬經》有「隆顙蚨日[158]，蹄如累麴[159]」之語。其子執《馬經》以求馬。出見大蟾蜍，謂其父曰：「得一馬，略與相同；但蹄不知累麴爾！」伯樂知其子之愚，但轉怒為笑曰：「此馬好跳，不堪御[160]也。」所謂「按圖索驥」也。

說明

按照馬圖尋找千里馬，用來諷刺拘泥成法，不知變通的人。今人則引申為按照線索去尋找事物，較容易找到。

六 耿定向

耿定向（約1571-1597）字在倫，明黃安人。嘉靖三十五年（1556）進士，擢御史，舉劾無私，萬曆年間累官到戶部尚書，後

---

[158] 隆顙蚨日：馬的額頭高大，馬眼像銅錢般又圓又大。

[159] 蹄如累麴：馬蹄端正而大。

[160] 不堪御：不能用來駕車。

歸天台山講學，諡恭簡。著有《天台文集》、《碩輔寶鑑要覽》、
《權子》等書。

《權子・顧惜・顧尾不顧身》

孔雀雄者毛尾金翠，殊非設色者仿佛[161]也。性故妒，雖
馴久，見童男女著錦綺，必趁啄之[162]。山栖時[163]，先擇處
貯尾[164]，然後置身。大雨尾濕，羅者且至[165]，猶珍顧不復
騫舉[166]，卒為所擒。

說明

　　孔雀因愛惜美麗羽毛而被獵人捕捉，用來寓示顧尾而不顧身之
害。

七 劉元卿

　　劉元卿（1544-1609）字調甫，號旋宇，一號瀘瀟，明代江西
萍鄉人。會試時忤張居正，險遭殺身之禍，隆慶六年（1572）創
立復禮書院，萬曆二年（1574）再科考未舉，絕意仕進，歸鄉講
學授徒，與當時名流吳康齋、鄧潛谷、章本清齊名，稱「江右四君
子」，後應召入京，任禮部主事，在朝三年，治國方策不受重視，稱
病歸鄉。劉氏涉獵廣泛，著作豐富，一生致力理學，稱正學先生，

---

[161] 殊非設色者仿佛：絕對不是畫家可以畫出來的。殊非，絕非。設色者，調配顏色的人，指畫家。

[162] 趁啄之：追趕並且用喙啄咬。

[163] 山栖時：鳥類棲息的時候。栖，同棲。

[164] 先擇處貯尾：先找地方把尾巴藏起來。

[165] 羅者且至：捕鳥的人將到來。且，將。

[166] 猶珍顧不復騫舉：尚且愛惜美麗尾巴不肯高飛逃跑。騫舉，高飛。

著有《諸儒學案》、《大學新編》、《賢奕編》、《通鑑纂要》、《劉聘君全集》等，其中《賢奕編》為寓言集，雋永有味。

〈猱之愛虎〉

獸有猱[167]，小而善緣[168]，利爪。虎首癢，則使猱爬搔之；不休，成穴，虎殊快不覺也。猱徐取其腦啖之[169]，而汰其餘[170]以奉虎曰：「余偶有所獲腥，不敢私，以獻左右[171]。」虎曰：「忠哉猱也！愛我而忘其口腹。」啖已，又弗覺也。久而虎腦空，痛發，跡猱[172]，猱則已走避高木。虎跳踉[173]大吼，乃死。

說明

謹防阿諛逢迎、損公肥私之人，必能遠災避禍。

《賢奕篇‧應諧錄‧兄弟爭雁》

昔人有睹雁翔者，將援弓射之[174]，曰：「獲則烹。」其

---

[167] 猱：小猴子。

[168] 善緣：擅長爬樹。

[169] 啖：吃。

[170] 汰其餘：挑不好吃的剩下來。

[171] 左右：此指老虎。古人不直稱別人名字，稱左右以示尊敬。

[172] 跡猱：尋找小猴子的蹤跡。

[173] 跳踉：騰躍、跳躍。

[174] 援弓射之：拉弓射雁鳥。

弟爭曰：「舒雁烹宜[175]，翔雁燔宜[176]。」竟鬥而訟於社伯[177]。社伯請剖雁烹燔半[178]焉。已而索雁，則凌空遠矣。今世儒爭異同，何以異是！

說明

未獲雁鳥先爭熟煮之法，乃無中造事，用以諷刺儒士相爭。

八 趙南星

趙南星（1550-1627）字夢白，號儕鶴，別號清都散客，明高邑（河北高邑）人。歷任汝寧推官、戶部主事、吏部考功郎中、吏部文選員外郎等職，是明代散曲家及政治家，也是明末東林黨重要人物。任吏尚書時為魏忠賢排擠，削籍戍代州，卒於任所。著有《趙忠毅公集》、《味檗齋文集》、《史韻》、《學庸正說》、《芳茹園樂府》等書。

〈隱身草〉

有遇人與以一草（者），名隱身草，手持此，旁人即看不見。此人即於市上取人之錢，持之徑去[179]。錢主以拳打之，此人曰：「任你打，只是看不見我。」

---

175 舒雁烹宜：行動緩慢的鵝適合烹煮。舒，遲緩。
176 翔雁燔宜：飛翔的雁鳥適合火烤。
177 訟於社伯：向社里長官訴訟。社伯，社里長官。社，古代二十五家為一社。
178 剖雁烹燔：將雁剖開，一半烹煮，一半火烤。
179 持之徑去：拿錢直接離開。徑，直接。

說明

> 掩耳盜鐘，自欺欺人。

〈尊奉三教〉

一人尊奉三教，塑像先孔子，次老君，次釋迦。道士見之，及移老君於中。僧來又移釋迦於中。士來仍移孔子於中。三聖自相謂曰：「我們自好好的，卻被人搬來搬去，搬得我們壞了。」贊曰：「三個聖人都有徒弟，各尊其師，誰肯相讓？原來一處坐不的。孔子有的姓管的徒弟，卻抵死要讓釋迦首坐，與他人師弟之情迴別[180]。」

說明

> 三教本來各自相安無事，後世子孫爭名位，致紛擾不休。諷刺各學派弟子製造紛亂。

〈貧士穿衣〉

一貧士冬月穿袷衣[181]，有謂之者曰：「如此嚴寒，如何穿袷衣？」貧士曰：「單衣更冷。」
贊曰：「袷衣勝單衣，單衣勝無衣，作如是觀，即能樂道安貧。有一人恥說家貧，單衣訪友。其友問他如此寒天如何單衣，其人答曰：「我元來有個熱病。」其友知

---

[180] 迴別：不一樣。
[181] 袷衣：夾衣、袷衣，無絮之衣。

它是詐，留至天晚，送他在涼亭內歇宿，凍急了隨即逃走。又一日相遇，問他前日留宿，如何不肯次日再會，其人說：「我怕日出天熱，趁著早涼就行了。」

說明

故作飾詞，以掩飾自己的貧寒。

九 《迂仙別記》

張夷令，原名張灝，字夷令，別署平陵居士、學山長，明代吳下（江蘇太倉）人，生平不詳。

《迂仙別記》，明張夷令撰，今書不存，所見爲後人所輯。例如馮夢龍《古今譚概》摘輯二十四則。

〈狗病目〉

迂公病目，將就醫，適犬臥階下，迂公跨之，誤躪其項[182]，狗遽嚙公[183]，裳裂。公舉告醫。醫故調之[184]曰：「此當是狗病目耳。不然，何止敗君裳？」公退思：「吠主小事，暮夜無以司儆[185]。」乃調藥先飲狗，而以餘瀝自服[186]。

---

[182] 誤躪其項：誤踩狗脖子。

[183] 狗遽嚙公：狗突然咬住迂公。

[184] 醫故調之：醫生故意調侃他。

[185] 司儆：指狗看管門戶。

[186] 餘瀝自服：剩下的藥水自己喝下。

説明

> 諷迂公之迂，不明所以，自己誤踩狗，以為狗目有恙，未能守司夜，還以己藥餵狗。

〈刲馬肝〉

有客語馬肝大毒，能殺人，故漢武帝云：「文成[187]食馬肝而死。」迂公適聞之，發笑曰：「客誑語耳。肝固在馬腹中，馬何以不死？」客戲曰：「馬無百年之壽，以有肝故也。」公大悟，家有畜馬，便刲[188]其肝，馬立斃。公擲刀歎曰：「信哉，毒也！去之尚不可活，況留肝乎？」

説明

> 諷迂腐，不知所由。

十、《笑林》

浮白齋主人，未知何許人也，盧斯飛、楊東甫《中國幽默文學史》認為是馮夢龍。筆者認為馮氏編書喜分類分卷，《笑林》不分卷不分類，顯非馮氏風格。

《笑林》作者題為浮白齋主人，全書一百四十五則，不分卷，內容以諧趣手法照映社會百相。

---

187 文成：即少翁，漢武帝時方士，封為文成將軍。
188 刲：剖開，挖出。

〈一毛不拔〉

一猴死，見冥王[189]，求轉人身。王曰：「既欲做人，須將毛盡拔去。」即換夜叉[190]拔之。方拔一根，猴不勝痛叫。王笑曰：「看你一毛不拔，如何做人？」

說明

> 諷刺吝嗇、一毛不拔之人。

十一、《雪濤諧史》

江盈科（1553-1605）字進之，號淥蘿，明代湖廣桃源（湖南桃源）人，萬曆進士，文學主張與公安派三袁同主獨抒性靈，反對復古。

《雪濤諧史》，明人江盈科所編，共一百五十二則，不分卷不分類，以記載趣聞軼事為主。

〈忘本逐末〉

一人問造酒之法於酒家，酒家曰：「一斗米，一兩麴[191]，加二斗水，相參和[192]，釀七日，便成酒。」其人善忘，歸而用水二斗，麴一兩，相參和，七日而嘗之，猶水也。乃往誚酒家[193]，謂不傳於真法。酒家曰：「爾第不

---

189 冥王：閻羅王，掌管人死後的冥界。
190 夜叉：傳說中的惡鬼。
191 麴：釀酒發酵劑。
192 參和：摻雜混和。
193 誚酒家：責備賣酒的人。

循我法耳[194]。」其人曰：「我循爾法，用二斗水，一兩麴。」酒家曰：「可有米嗎？」其人俛首思曰：「試我忘記下米。」噫，並酒之本而忘之，欲求酒，及於不得酒，而反怨教之者之非也。世之學者，忘本逐末，而學不成，何以異於是？

說明

諷刺捨本逐末之人。

《雪濤閣集·醫駝》

昔有醫人，自媒[195]能治駝背，曰：「如弓者，如蝦者，如曲環者，延吾治[196]，可朝治夕如矢[197]。」一人信焉而使治駝。乃索板二片，以一置地下，臥駝者其上，又以一壓焉。而腳躧[198]焉。駝隨直亦復隨死[199]。其子欲鳴[200]諸官，醫人曰：「我業治駝[201]，但管人直[202]，哪管人死？」

---

194 爾第不循我法耳：你難道沒有遵照我的方法釀酒。爾，你。

195 自媒：自我介紹。

196 延吾治：邀請我治療。

197 朝治夕如矢：早上治療，晚上就像箭桿一樣直。喻療效甚速。

198 躧：踩踏。

199 隨直亦復隨死：隨著身體被醫直，人也就隨著死了。

200 鳴諸官：向官府興訴訟。

201 我業治駝：我的職業是醫治駝背。

202 但管人直：只管駝背直否。

嗚呼！世為之令[203]，但管錢糧完[204]，不管百姓死，何以異於此醫也哉！

說明

> 諷刺官吏只管徵稅，不管百姓死活。

《雪濤閣集・蛛與蠶》

蛛與蠶曰：「爾飽食終日，以至於老。口吐經緯[205]，黃白燦然[206]，因之自裹。蠶婦操汝入沸湯[207]，抽為長絲，乃喪厥軀[208]。然則，其巧也適以自殺[209]，不亦愚乎？」蠶答蛛曰：「我固自殺，我所吐者遂為文章[210]，天子袞龍[211]，百官紱繡[212]，孰非我為[213]？汝乃枵腹而營[214]，口吐經緯、織成羅網，坐伺其間。蚊虻蜂蝶之見過者，無不殺之而以自

---

[203] 令：地方長官。

[204] 錢糧完：徵稅完畢。

[205] 口吐經緯：指吐出絲。豎絲為經，橫絲為緯。

[206] 燦然：光亮的樣子。

[207] 沸湯：沸騰的開水。

[208] 乃喪厥軀：指蠶的生命。

[209] 適以自殺：正好用來自殺。

[210] 文章：泛指為文采。

[211] 袞龍：帝王穿著繡有龍形之袍服。

[212] 紱繡：官員穿著刺繡之祭服。

[213] 孰非我為：哪一樣東西不是因為我製造而成的？

[214] 枵腹而營：空著肚子去經營。

飽。巧則巧矣，何其忍也！」蛛曰：「為人謀則為汝[215]；為自謀寧為我。」嘻，世之為蠶不為蛛者寡[216]矣夫！

| 說明 |

蛛結網為己而謀，蠶吐絲為人而謀，欲兼善天下乎？

三　《廣笑府》

《廣笑府》題為墨憨齋主人編集，或謂墨憨齋主人即馮夢龍，或謂非馮夢龍所輯，存而不論。內容分三十卷，以輯錄笑話趣聞為主，內多笑話型寓言。

〈官箴・吏人立誓〉

一吏人犯贓致罪，遇赦獲免，因自誓以後再接人錢財，手當生惡瘡。未久有一人訟者[217]，饋鈔求勝[218]。吏思立誓之故，難以手接，頃之時思曰：「你既如此殷勤，且權放在我靴筒裡。」

| 說明 |

諷刺貪官以手接賂幣與腳相同，皆為賄賂。

---

[215] 為汝：像你那樣的人。

[216] 世之為蠶不為蛛者寡：世上做蠶而不做蜘蛛的人太少。意謂世上蛛多蠶少，為人者少，為己者多。

[217] 訟者：興訟的人。

[218] 饋鈔求勝：送錢賄賂，希望打贏官司。

〈尚氣・父子性剛〉

有父子俱性剛不肯讓人者。一日，父留客飲，遣子入城市肉。子取肉回，將出城門，值一人對面而來，各不相讓，遂挺立良久。父尋至見之，謂子曰：「汝姑持肉回陪客飯，待我與他對立在此。」

説明

父子二人皆剛愎自用，何益於己？

〈貪吞・一錢莫救〉

一人性極鄙嗇，道遇溪水新漲，吝出渡錢，乃拼命涉水。至中流，水急沖倒，漂流半里許。其子在岸旁，覓舟救之。舟子索錢，一錢方往，子只出五分，斷價良久不定。其父垂死之際，回頭顧其子大呼曰：「我兒我兒，五分便救，一錢莫救！」

説明

臨死尚捨不得身外之物，諷刺視財勝於命者。

三、《精選雅笑》

醉月子，未知何人。

《精選雅笑》為醉月子編輯《雅俗同觀》之一種，凡六十八則。

〈搖樹取菱〉

山中人至水鄉，於樹下閒坐，見地上遺一菱角，時而食

之，甘甚，遂扳樹逐枝搖看，既久，無所見，詫曰：
「如此大樹，難道只生得一個。」
此時告以菱從水生，其人必不信，畢竟還望樹梢沉吟。

說明

> 見識淺薄猶固執己見，師心自用之人終無所獲。

〈蚊符〉

有賣驅蚊符者，一人買歸貼之，而蚊毫不減，往咎[219]賣
者，賣者云：「定是貼不得法[220]。」問貼於何處，曰：
「需貼帳子裡。」歐公既作憎蠅賦，復云：「不堪蚊
子，自遠吆喝來也。」吆喝語似有所指。

說明

> 既貼帳內，何須驅蚊，諷刺迂腐被騙，猶不自知。

吉、唐甄

　　唐甄（1630-1704）原名大陶，改名爲甄，字鑄萬，號圃亭。清
代四川達州人。順治年間舉人，曾任山西長子縣令，後罷官流寓吳
中。政治思想提出非君學說，抨擊君主專政。著有《潛書》、《圃亭
集》、《春秋述傳》、《毛詩傳箋合義》等書，其中最能代表其思想
者，厥爲《潛書》。

---

[219] 咎：責罵。

[220] 不得法：方法不對。

《潛書・辨儒・蔣里善人》

昔者蜀之蔣里有善人焉，善善而惡惡[221]，誠信而不欺人，鄉人皆服之[222]。有富不取券而與之千金[223]，賈於陝洛[224]，以其處鄉里者處人[225]，人皆不悦。三年，盡亡其貲而反[226]。

說明

　　待人方法要因時、因地、因人而制宜，墨守成規不知變通的人必遭失敗。

《潛書・自明・楚人患眚》

楚人有患眚[227]者，一日謂其妻曰：「吾目幸矣[228]，吾見鄰屋之上大樹焉。」其妻曰：「鄰屋之上無樹也。」禱於湘山[229]，又謂其僕曰：「吾目幸矣，吾見大衢焉。紛如其間者[230]，非車馬徒旅乎[231]？」其僕曰：「所望皆江山

---

[221] 善善而惡惡：喜歡行善，而厭惡壞事。第一字之「善、惡」皆作動詞，喜歡與厭惡。

[222] 服之：信服，敬佩。

[223] 不取券而與之千金：不寫借據而借給他千兩黃金。

[224] 賈於陝洛：到陝西洛陽一帶行商。

[225] 以其處鄉里者處人：用對待鄉人的方式來做生意對待客戶。

[226] 盡亡其貲而反：虧蝕老本而返回家鄉。貲：財物。反：通「返」。

[227] 患眚：罹患白內障，看不清東西。

[228] 吾目幸矣：我的眼睛好了，看得見了。

[229] 禱於湘山：到湘山去祈福祝禱。

[230] 紛如其間者：指路上人馬絡繹不絕，紛紛攘攘。

[231] 非車馬徒旅乎：難道不是車馬和旅客嗎？

也，安有大衢？」夫無樹而有樹，無衢而有衢，豈目之明哉？目之病也！不達而以為達[232]，不貫而以為貫[233]，豈心之明哉？心之病也！

心被蒙蔽，則凡事皆無法明達通曉。

《潛書·良功·驅蚊》

昔者唐子之妻當童時，與其姊同寢。姊嘗使之驅蚊，妻不悅。一夕，獨驅己首之處而掩帳焉[234]。其姆笑而問其故，曰：「我豈暇為他人？自為而已[235]。」儒者為己之學，有似於此。

　　為學立志不可獨善其身，因為整個社群是共同體，休戚相關的。猶如蚊帳之中有蚊子，是共同之患。

五、王晫

　　王晫（1636-？）初名棐，號木庵、丹麓、松溪子，清代浙江仁和（杭州）人，順治時期諸生，為人孝悌好賓客，博覽群書，善詩

---

[232] 不達而以為達：不通達事理，卻自以為通達事理。

[233] 不貫而以為貫：不能貫通知識，卻自以為貫通知識。

[234] 獨驅己首之處而掩帳焉：只驅趕自己睡覺一端的蚊子，就把蚊帳放下。

[235] 自為而已：凡事只為自己做事而已。

文，嘗刻《檀幾叢書》五十卷，著有《雜著十種》、《遂生集》、《霞舉堂集》等書。

《雜著十種·寓言·羸犬》

城之東偏，民家畜一犬，甚羸[236]。一夕，鄰火卒發[237]，延及民家。民正熟寢，犬連吠不覺，起曳其被，寢猶如故[238]。復踞床以口附民耳大噪[239]，民始驚。視煙已滿室，急呼妻女出，室盡燼矣[240]。民讓謂所親曰：「吾家貧，犬食恆不飽，不謂今日能免我四人於難也。彼日厚享其人之食[241]，而不顧其患難者[242]，其視犬為何如耶？」

説明

真正忠心的人是在危急能救助你的人，酒肉朋友平時豪奢相處，卻不能為你謀算。

《雜著十種·寓言·盆松》

松之性直上[243]，雖數尺，自亭亭也[244]，有人移之盆盎，置

---

[236] 甚羸：非常瘦弱。

[237] 鄰火卒發：鄰居突然起火。

[238] 起曳其被，寢猶如故：狗拉扯棉被，主人依舊酣睡不覺。

[239] 踞床以口附民耳大噪：狗蹲踞床上，將嘴巴對準主人的耳朵大聲嚎叫。

[240] 室盡燼矣：整個房子燒成灰燼。

[241] 日厚享其人之食：每天盡情享受他人的酒食。

[242] 不顧其患難者：不能顧及他人的憂患，為他人打算的人。

[243] 性直上：秉性喜歡向上生長。

[244] 自亭亭也：高直聳立。

之華屋之內，屈其枝，縛其節，灌之溉之，蓬蓬如偃蓋焉[245]。非不取悅於人[246]，然以視夫岫嶺之間，干青天，凌碧霄[247]，矯矯郁郁[248]於嚴霜積雪者，相去何如他？嘻，士君子之失身[249]於人，亦猶是耳。

說明

以松喻人，要慎選環境才不會扭曲自己，失節於人。

六　《聊齋誌異》

　　蒲松齡（1640-1715）字留仙，一字劍臣，號柳泉居士，清初山東淄博人。出身書香世家，廣讀經史，因屢試不第，四十歲以後，致力搜奇誌怪，編寫《聊齋誌異》，其他著作尚有詩文集及雜著，今人統編爲《蒲松齡集》。

　　《聊齋誌異》，清蒲松齡撰，爲清代文言短篇小說，全書四百九十一篇，內容豐富，題材廣泛，多以述奇誌怪來諷寫當時社會及政治現象，故事多反映倫理思想、因果報應、宿命思想等觀念。由於布局嚴謹，情節迭宕，刻畫人物細膩，爲清代文言短篇小說顛峰之作。

---

[245] 蓬蓬如偃蓋焉：枝葉繁茂像大傘一樣。

[246] 非不取悅於人：不是不讓人喜歡，意謂盆松也有讓人喜歡。

[247] 干青天，凌碧霄：高大直達雲霄。

[248] 矯矯郁郁：長得非常茂盛高大。

[249] 失身：失節。

〈雨錢〉

濱州一秀才，讀書齋中。有款門[250]者，啓視，則皤然一翁[251]，形貌甚古[252]。延之入，請問姓氏，翁自言：「養真，姓胡，實乃狐仙。慕君高雅，願共晨夕。」秀才故曠達，亦不為怪。遂相與評駁今古，翁殊博洽[253]，鏤花雕繢，粲於牙齒[254]；時抽經義[255]，則名理湛深，尤覺非意所及。秀才驚服，留之甚久。一日，密祈翁曰：「君愛我良厚。顧我貧若此，君但一舉手，金錢宜可立致，何不小周給[256]？」翁默然，少間笑曰：「此大易事。但須得十數錢作母。」生如其請。翁乃與共入密室中，禹步作咒。俄頃，錢有數十百萬，從梁間鏘鏘而下，勢如驟雨，轉瞬沒膝；拔足而立，又沒踝。廣丈之舍，約深三四尺已來。乃顧語秀才曰：「頗厭[257]君意否？」曰：「足矣。」翁一揮，錢畫然而止。乃相與扃戶出。秀才竊喜，自謂暴富。頃之，入室取用，則滿室阿堵物皆為烏有，惟母錢十餘枚寥寥尚在。秀才失望，盛氣向翁，頗懟其誑[258]。翁怒曰：「我本與君文字交，不謀與君作

---

[250] 款門：敲門。

[251] 皤然一翁：鬚髮皆白的老翁。

[252] 古：古雅。

[253] 翁殊博洽：老翁的知識特別廣博。

[254] 鏤花雕繢，粲於牙齒：喻辭藻華麗優美，談吐文雅。鏤花，鏤刻花紋。雕繢，彩飾錦繡。

[255] 時抽經義：時常解釋經書中的道理。

[256] 小周給：小小賞賜。

[257] 厭：滿足。

[258] 懟其誑：埋怨老翁欺騙自己。

賊！便如秀才意，只合尋梁上君子交好得[259]，老夫不能
承命！」遂拂衣去。

㈦彭端淑

　　彭端淑（1700-1780）字儀一、樂齋，清代丹棱（四川洪雅縣）
人，雍正時進士，歷任吏部郎中、順天鄉試同考官等職，後罷官主講
錦江書院，好治古文，晚年致力詩歌創作，著有《白鶴堂詩文集》傳
世。

〈蜀鄙二僧〉

　　蜀之鄙[260]有二僧，其一貧，其一富。貧者語於富者曰：
「吾欲之南海，何如？」富者曰：「子何恃而往[261]？」
曰：「吾一瓶一缽足矣。」富者曰：「吾數年來欲買舟
而下，猶未能也。子何恃而往？」越明年[262]，貧者自南
海還，以告富者。富者有慚色。西蜀之去[263]南海，不知
幾千里也，僧富者不能至而貧者至之，人之立志顧[264]不
如蜀鄙之僧哉？

---

[259] 只合尋梁上君子交好得：只適合和賊結為朋友。

[260] 鄙：偏遠的地方。

[261] 子何恃而往：你憑靠什麼前往？

[262] 越明年：到了第二年。

[263] 去：距離。

[264] 顧：難道，反而。

説明

有志者事竟成。

六　《笑得好》

　　石成金（1660-1747）字天基，號星齋，清任江蘇揚州人。出身望族，博通經史，一生以教書、著述爲業，著有《傳家寶》，內輯有《笑得好》。

　　《笑得好》，晚清石成金編寫，全書不分卷，凡一百一十七則笑話，材料取自社會百態及生活現況，以諷刺社會、政治及各種貪嗔愚痴者，內含豐富笑話型寓言。

〈第二集・有天沒日〉

　　夏天炎熱，有幾位長官同在一處商議公事，偶然閒談天氣酷暑，何處乘涼，有云：「某花園水閣上甚涼。」有云：「某寺院大殿上甚涼。」旁邊許多百姓齊聲曰：「諸位老爺要涼快，總不如某衙門公堂上甚涼。」眾官驚問何以知之，答曰：「此是有天沒日頭的所在，怎的不涼。」

説明

諷刺官府黑暗，沒有是非，焉得不涼

〈第二集・剝地皮〉

　　一官甚貪，任滿歸家，見家中多一老叟，問此是何人，叟曰：「某縣土地也。」問因何到此，叟曰：「那地方上地皮都被你剝將來，教我如何不隨來。」

昔有咏回任官曰：「來如獵犬去如風，收搭州衙大半空，只有江山移不動，也將描入畫圖中。」但恐土地神之後，跟有若干冤魂怨魄，必要剝的地皮仍然剝完了，加上些利息，方才得散。

說明

諷貪官無所不取。

〈初集‧蟲族世界〉

龍為百族之長，一旦發令，查蟲中有三個名的，都要治罪。蚯蚓與蛆，同去躲避，蛆問蚯蚓：「你如何有三個名？」蚯蚓曰：「那識字的，叫我為蚯蚓；不識字的叫我為曲蟮；鄉下愚人，又叫我做寒蜆；豈不是三個名？」蚯蚓問蛆：「你有的是那三個名，也說與我知道。」蛆曰：「我一名蛆，一名穀蟲，又稱我讀書相公。」蚯蚓曰：「你既是讀書相公，你且把書上的仁義道德講與我聽？」蛆就愁眉說：「我如今因為屎攘了心窩子，那書上的仁義道德，一些總不曉得了。」

書上記載的仁義道德，俱是聖賢教訓嘉言，應該力行，為何不行，非屎迷心而何。予見世間不讀書的，還有行仁義道德；偏偏是讀書人，行起事來，說起話來，專一瞞心昧己，歪著肚腸，同人混賴，所以叫吃屎的蛆為相公，就是此義。說之不改，變蛆無疑。

說明

諷刺讀書人滿口仁義道德，所思所為卻是昧己瞞心。

九、《廣談助》

《廣談助》爲清人方飛鴻所編，凡五十卷，卷三十有〈諧謔篇〉二十則，寓寄豐富意涵。

方飛鴻，清人，生平不詳。

〈諧謔・死錯人〉

東家喪妻母，託館師[265]撰文，乃按古本誤抄祭妻父者與之。識者看出，主人大怪館師，館師曰：「古本上是刊定的，如何會錯，只怕是他家死錯了人。」

說明

諷刺館師知識淺薄，且不知變通。

二十、趙翼

趙翼（1727-1814）字雲崧，號甌北，清代陽湖（江蘇武進）人，乾隆時進士，與袁枚、蔣士銓號稱「江右三大家」。晚年辭官歸鄉講學，著有《二十二史札記》、《甌北詩話》、《陔餘叢考》等書。

〈雜書所見・六首之三・矮人看戲〉

後人觀古書，每隨己境地[266]。譬如廣場中，環看高台戲。矮人在平地，舉頭仰而企。危樓有凭檻[267]，劉楨方平

---

[265] 館師：住館專教啟蒙的老師。

[266] 每隨己境地：隨意用自己的意見解說古書。

[267] 危樓有凭檻：高樓有欄杆。

視，做戲非有殊，看戲乃各異。矮人看戲歸，自謂見仔
細。樓上人聞之，不覺笑噴鼻。

説明

　　矮人看戲，視角太低，所見有限，卻自以為看清楚了。猶人讀
書，蔽於自見，無法通達道理。

〈雜詩八首・其一・明月見我〉

每夕見明月，我已與熟悉。問月可識我？月謂不記憶。
茫茫此世界，眾生奚啻億[268]？除是大英豪，或稍為目
拭[269]。有如公等輩，未見露奇特。若欲一一識，安得許
眼力[270]？神龍行空中，螻蟻對之揖[271]。禮數雖則多，未必
遂鑑及[272]。

説明

　　庸碌之輩無人可識，惟有大英豪才能被人識見。

三、崔述

　　崔述（1740-1816）字武承，號東璧，清代大名（河北）人，歷
代福建、上杭知縣，後辭官卜居相州（河南安陽）專心著述，對經史
辨偽之學甚有功，後人輯其書為《崔東璧遺書》。

---

[268] 眾生奚啻億：眾生芸芸，何止億萬人。

[269] 或稍為目拭：或許稍微拭目認識。

[270] 安得許眼力：需要什麼樣的眼力認識呢？

[271] 螻蟻對之揖：螻蟻對飛龍打拱作揖。

[272] 未必遂鑑及：飛龍未必看得到。鑑：觀看。

《崔東壁遺書・楊氏鬻菸》

州中鬻菸草[273]者，楊氏最著名，價視他肆昂甚[274]，貿易者常盈肆外[275]。肆中物不能給，則取他肆之物，印以楊氏之號而畀之[276]。人咸以為美，雖出重價，不惜也。由是觀之，人之所貴者名而已矣，非有能知其實者也[277]。

說明

世人往往重名不重實，迷真求妄。

三　龔自珍

龔自珍（1792-1841）字璱人，號定庵，清末浙江仁和（杭州）人，道光元年（1821）以舉人官內閣中書，任國史館校對官，九年（1829）成進士，官禮部主事，道光十九年棄官南歸，二十一年猝世。學問博洽，旁涉廣泛，通經史百家、金石、目錄、地理、佛學等等，後人輯其著作成《龔自珍全集》。

〈捕蜮第一〉

龔自珍既廬墓聖居[278]，於彼郊野，魂飛飛以朝征，魄悽悽而夕處。百蟲謀之，曰：「予可攻侮。」厥族有大有小，佈滿人宇。予告訴無所，發書占之，曰：「可以

---

[273] 鬻菸草：賣菸草。
[274] 價視他肆昂甚：價格比其他商店昂貴許多。
[275] 貿易者常盈肆外：買菸草的人常常擠滿店門外。
[276] 畀之：給他。
[277] 非有能知其實者也：沒有人知道他的真實本質。
[278] 廬墓聖居：指父母或師長死後，於墓旁壙居守靈。

術捕。」禁制百蟲，非網非罟。予嘗鷖夫獵者之彈，亦起於古之行孝者，魑魅[279]山林，則職畏禹。予禁制汝蟲，皆法則上古。叩山川邱墳，而天神來下。山川之祇[280]問曰：「今者有蜮，蜮一名射工，是性善忌，人衣裳略有文采者輒忌，不忌縗絰[281]。能含沙射影，人不能見，必反書之名字而後噬之。捕之如何？」「法用蔽影草七莖，自障蔽，則蜮不見人影。又用方諸[282]，取月中水洗眼，著純墨衣，則人反見蜮，可趨入蜮群；趨入蜮群，則蜮眩瞀[283]。」乃祝曰：「射工！汝反吾名，以害吾躬，吾名甚正，汝不得反攻。射工！射工！速入吾胃中。」如是四徧，蜮死，烹其肝。大吉。

說明

蜮是一種善忌且能含沙影射、反寫人名置人於死的小蟲，「捕蜮」是指捕捉這種小蟲。暗喻人類之中也有善忌、含沙影射、致人於死的壞人，對於這種惡人不可姑息，必須盡力清除。

三 俞樾

俞樾（1821-1906）字蔭甫，號曲園居士，清末浙江德清人，殿試二甲賜進士出身，改翰林院庶吉士編修，後被彈劾罷官，主講紫陽書院、杭州詁經精舍，後復原官。擅經學，對詩詞、小說、戲曲亦有研究，一生著述不輟，撰有鉅著《春在堂全集》五百餘卷、《小浮梅

---

279 魑魅：山林中人精怪。

280 祇：土地神。

281 縗絰：古代的喪服。

282 方諸：古代月下承露取水的器具。

283 眩瞀：眼花撩亂看不清楚。

閒話》、《右仙台館筆記》等。

《一笑・戴高帽》

俗以喜人面諛[284]者曰：「戴高帽」。有京朝官出仕於外者，往別其師。師曰：「外官不易為，宜慎之。」其人曰：「某備有高帽一百，逢人則送其一，當不至有所齟齬也。」 師怒曰：「吾輩直道事人[285]，何須如此。」其人曰：「天下不喜戴高帽如吾師者，能有幾人歟？」師領其首曰：「汝言亦不為無見[286]。」其人出語人曰：「吾高帽一百，今存九十九矣。」

説明

諷寫自以為從不接受奉承者，亦不免陷入被稱讚阿諛的境遇。

四　《笑林廣記》

《笑林廣記》為清人程世爵所編，凡一百四十九則，不分卷亦不分類，屬小品笑話書，以調笑寄託寓意為主。

程世爵，生平不詳。

《程氏笑林廣記・瞎子吃魚》

眾瞎子打平伙[287]吃魚，錢少魚小，魚小人多，只好用大

---

284 面諛者：當面阿諛讚美。

285 直道事人：以正直之心與人交往。

286 不為無見：有見識之人。

287 打平伙：指眾人一同出錢搭伙共食。

鍋熬湯，大家嘗嘗鮮味而已。瞎子沒吃過魚，活的就往鍋裡扔，小魚跳在鍋外，而眾瞎不知也。大家圍在鍋前，讚聲讚曰：「好鮮湯！好鮮湯！」誰知那魚在地下跳，跳在瞎子腳上，呼曰：「魚沒在鍋內。」眾瞎歎曰：「阿彌陀佛，虧得魚在鍋外，若在鍋內，大家都要鮮死了。」

說明

> 瞎子看不見魚，自以為已食魚湯。

三五 《笑笑錄》

獨逸窩退士，生平不詳。

《笑笑錄》題為笑獨逸窩退士所編，凡六卷，共一千零十九則笑話，今輯入《筆記小說大觀》及《明清笑話十種》之中，內容豐富龐雜，前三卷多輯錄稗官野史及古籍之作，後三卷多耳聞目見或清朝之聞見，意在提供怯愁排悶之用。

〈痴人說夢〉

戚某幼耽讀而性痴，一日早起，謂婢某曰：「爾昨夜夢見我否？」答曰：「未。」大斥曰：「夢中分明見爾，何以賴？」去往訴母，曰：「痴婢該打，我昨夜夢見他，他堅持說未夢見我，豈有此理耶？」

說明

> 痴人說夢何曾真實，卻仍要真實追問。

二六 《嘻笑錄》

小石道人，清末人，生平不詳。

《嘻笑錄》題為小石道人編，內容以纂錄俚巷遊戲之言、世俗諧趣為主。

〈萬字信〉

一人寫信，言重詞複，瑣瑣不休。友人勸之曰：「吾兄筆墨卻佳，惟有繁言贅語宜去。以後信，言簡而賅可也。」其人唯唯遵命。後又致信此友曰：「前承雅教，感佩良深，從此万不敢再用繁言上瀆清聽。」另於「万」字旁注之曰：「此万字乃方字無點之萬字，是簡筆之萬字也。本欲恭書草頭大寫之萬字，因匆匆未及大寫草頭之萬字，草草不恭，尚祈恕罪。」

說明

本性難移，寫信仍然繁複囉嗦。

〈錯穿靴子〉

一人錯穿靴子，一只底兒厚，一只底兒薄，走路一腳高一腳低，甚不合步。其人詫異曰：「我今日的腿，因何一長一短？想是道路不平之故。」或告之曰：「足下想是錯穿了靴子。」忙令人回家去取。家人去了良久，空手而回，謂主人曰：「不必換了，家裡那兩只也是一薄一厚。」

說明

諷寫愚人不知變通。

國家圖書館出版品預行編目資料

中國寓言讀本／林淑貞著. －－初版. －－臺
北市：五南, 2015.09
　面；　公分
　ISBN 978-957-11-8180-6（平裝）

856.8　　　　　　　　　104011305

1X6Y 通識系列

中國寓言讀本

作　　者 — 林淑貞

發 行 人 — 楊榮川

總 編 輯 — 王翠華

主　　編 — 黃惠娟

責任編輯 — 蔡佳伶

封面設計 — 童安安

出 版 者 — 五南圖書出版股份有限公司

地　　址：106台北市大安區和平東路二段339號4樓

電　　話：(02)2705-5066　　傳　　真：(02)2706-6100

網　　址：http://www.wunan.com.tw

電子郵件：wunan@wunan.com.tw

劃撥帳號：01068953

戶　　名：五南圖書出版股份有限公司

法律顧問　林勝安律師事務所　林勝安律師

出版日期　2015年9月初版一刷

定　　價　新臺幣340元